フーさん

ハンヌ・マケラ
上山美保子 訳

挿絵　作者

HERRA HUU
Hannu Mäkelä

国書刊行会

FILI-Finnish Literature Information Centre has supported
the translation of this book

もくじ

装訂《そうてい》——森《もり》デザイン室《しつ》

1　フーさん仕事《しごと》へいく

朝《あさ》、目《め》をさましたフーさんは、太陽《たいよう》がきらきらかがやいているのに気《き》がつくと、また頭《あたま》から毛布《もうふ》をかぶって、眠《ねむ》ってしまいました。フーさんは、学校《がっこう》もなく、保育所《ほいくしょ》もなく、遊《あそ》ぶこともないし、まいにちなにかあたらしいことがおきるというわけでもありません。フーさんのまいにちは、好《す》きなときに寝《ね》て、起《お》きたくなったら起《お》きるというものでした。

さて、フーさんはまた寝《ね》いっていびきをかきはじめました。

「**ガーッ、ゴーッ、ゴーッ。**」まるで、ヘルシンキ〔フィンランド共和国《きょうわこく》の首都《しゅと》〕の街《まち》なかを走《はし》る市電《しでん》じゃないですか。

しばらくして、フーさんは、むくっと起《お》きあがりました。外《そと》を見《み》ると、もうとても暗《くら》くなってきています。フーさんは夜仕事《よるしごと》をしていたので、どんなにくたびれていても夜《よる》には

1　フーさん仕事へいく

起《お》きないといけないのです。フーさんのお父《とう》さんがある日《ひ》とつぜん家《いえ》をでて、おじいさんとふたりきりになってから、ずっとずっとこんなふうです。字《じ》を読《よ》んだり、呪文《じゅもん》をとなえたり、おじいさんみたいな暮《く》らしかたをフーさんにおしえてくれたのはおじいさんでした。そのときおぼえた呪文《じゅもん》がこれ。

ドアがガタガタ……
扉《とびら》がばたん……
刃物《はもの》がきらり……
部屋《へや》にいるのはだれなのさ
それは、ぜったいフーなのさ

森《もり》で枝《えだ》がざわざわしたら、そこにはきっとフーがいる。ベッドのしたがもぞもぞしたら、そこにはきっとフーがいる。夜《よ》なかになにかがごそごそ、もそもそ、台所《だいどころ》では、かたかた、がたがた。そこにはきっと、いつもおなじみ、まっ黒《くろ》けっけのフーがいる。

フーさんはあまり仕事《しごと》が好《す》きではなく、眠《ねむ》りたいだけ寝《ね》ていました。ところが、ときどき、ぜんぜん眠《ねむ》くならないこともありました。そんなとき、フーさんは、もごもごなにかをつぶやきながらあちこち歩《ある》きまわりました。外《そと》は寒《さむ》いし、道《みち》はどろんこ、それに風邪《かぜ》もひきそうです。フーさんは、勤務時間《きんむじかん》もきまっていません。労災保険《ろうさいほけん》もなければからだをあたためる場所《ばしょ》もなく、楽《たの》しくもなんともない残業《ざんぎょう》をしても手当《てあ》てもなくて、きまった収入《しゅうにゅう》もありません。おまけに、年《とし》をとってから年金《ねんきん》さえもらえません。フーさんが年《とし》をとったときにのこるものといえば、街《まち》なかの石《いし》でできた家々《いえいえ》のあいだにうもれて忘《わす》れさられてしまう木造《もくぞう》の小《ちい》さな家《いえ》だけだ、とどんよりと考《かんが》えていました。

ところが、フーさんは、また風邪《かぜ》ぎみなのにもかかわらず、今晩《こんばん》はなんとしてもでかけようと心《こころ》にちかっているようす。それでもフーさんはお医者《いしゃ》さんへはいけません。お医者《いしゃ》さんは、フーさんのことを怖《こわ》がります。そのうえ、フーさんに「きみなんて、この世《よ》のものじゃないんだから。」って言《い》うのです。お医者《いしゃ》さんはフーさんに処方箋《しょほうせん》も病気保険用《びょうきほけんよう》の証明書《しょうめいしょ》も書《か》いてくれません。もっとも、費用《ひよう》の請求《せいきゅう》もしませんが。

道《みち》はぬかるんでいて遠《とお》く、フーさんは、たてつづけにくしゃみをしてしまいました。すると、どこからか、じゃり、じゃりっという音《おと》が聞《き》こえてきました。フーさんは、いそいで岩陰《いわかげ》に身《み》をかくしました。

1 フーさん仕事へいく

だんだんと足音《あしおと》が近《ちか》づいてきます。だれかくるぞ……。

いまだ！

フーさんは、どどっと岩陰《いわかげ》からおどりでました。

ところが、フーさんの喉《のど》からは、まったく声《こえ》がでてきません。だって、喉《のど》がとてもいたかったのです。フーさんは、さっきまで、ものを食《た》べることができたのに、どうしてこんなことになったのかまったくわかりませんでした。それにフーさんのそばをとおった背《せ》の高《たか》い男《おとこ》の人《ひと》は、フーさんにはまったく気《き》づきませんでした。その人《ひと》は、「クリームケーキ」のことを考《かんが》えていたのです。

ああ、失敗《しっぱい》しちゃったな。ハックショーン。

近《ちか》くの家《いえ》のあかりがついていました。お庭《にわ》には、りんごの木《き》が植《う》わっていて、黒《くろ》い大《おお》きな影《かげ》を作《つく》っていました。あそこへいこう、とフーさんはきめるとりんごの木《き》によじのぼりはじめました。

気《き》をつけろよ、フーさん。枝《えだ》は、とてもおれやすいぞ！

そのとたん、フーさんは、地面《じめん》におっこちていました。

地面《じめん》におちた衝撃《しょうげき》で、わき腹《ばら》をいため、親指《おやゆび》の爪《つめ》ははがれ、風邪《かぜ》はますますひどくなり

ました。

この症状《しょうじょう》にアスピリンはきかないな、とフーさんは思《おも》いました。そして、のろのろとした足《あし》どりで、家《いえ》へとむかいました。フーさんは、道《みち》ばたにあった小石《こいし》をけとばしました。そうしたら、足《あし》の指《ゆび》までケガしてしまいました。冬眠《とうみん》まえのこうもりが、まるで、凧《たこ》がとぶように、フーさんの頭上《ずじょう》をとんでいきました。フーさんは怖《こわ》くなりました。自動車《じどうしゃ》が後《うし》ろから、猛《もう》スピードでおいぬいて、フーさんは、頭《あたま》から泥《どろ》をかぶってしまいました。そのときです、近《ちか》くの家《いえ》からお誕生日《たんじょうび》のパーティを楽《たの》しんでいる、大《おお》きな笑《わら》い声《ごえ》が聞《き》こえてきて、フーさんは、ひょえっ、とびっくりとびあがりました。

葉《は》がおちはじめた木々《きぎ》のすきまから、あかりがちらちら見《み》えています。むこうには、小《ちい》さな家《いえ》が見《み》えています。たぶん、あそこには、ぼくみたいな小《ちい》さな人《ひと》が住《す》んでいるにちがいない。そう思《おも》うと、フーさんの気持《きも》ちがすこし明《あか》るくなりました。たぶん、ぼくのことを見《み》たら、怖《こわ》がってくれるにちがいない。フーさんは、息《いき》を殺《ころ》して壁《かべ》に近《ちか》づいて、部屋《へや》のなかをそうっとのぞきこんでみました。

小《ちい》さなお部屋《へや》の小《ちい》さなベッドのうえで、小《ちい》さな女《おんな》の子《こ》が小《ちい》さな本《ほん》を読《よ》んでいました。ここは、ぼくの出番《でばん》だぞ。フーさんは、そうっと窓《まど》をあけ、（こういうことならフーさんもできるのですよ。）物音《ものおと》をたてずに部屋《へや》にはいりこみました。

小《ちい》さな女の子《おんなこ》は、そんなことまったく考《かんが》えもしていませんから、フーさんのことにはぜんぜん気《き》づきません。女の子《おんなこ》の名前《なまえ》はリンマ。六歳《ろくさい》になったばかりです。少《すこ》し読《よ》み書《か》きはできますが、ベッドに入《はい》るまえに歯《は》はみがいていないようです。リンマは、年《とし》をとったおばあさんとネコといっしょに住《す》んでいます。ネコもきょうは、「歯《は》をみがきなさい。」とリンマに言《い》うのを忘《わす》れて、じぶんの寝床《ねどこ》にもどってしまったようです。おばあさんは、フィンランドじゅうのおばあさんがするように、台所《だいどころ》でコーヒーを飲《の》みながら、若《わか》かりしころの思《おも》い出《で》にひたっています。

さて、リンマは、大《おお》きな声《こえ》をだして、本《ほん》を読《よ》んでいます。『ほんもののオバケ』という本《ほん》のようです。

「む、か、し、む、か、し、オ、バ、ケ、が、お、お、き、な、こ、え、で。」

「が〜〜〜お。」リンマのが〜〜〜おという声《こえ》と同時《どうじ》に、フーさんは腕《うで》をふりあげ、歯《は》をむきだし、大《おお》きな声《こえ》でさけびながら、部屋《へや》のまんなかにとびだしました。

と思《おも》ったのですが、じっさいに、口《くち》からでたのは、かすかな小《ちい》さな声《こえ》で、とびだしたものといえば、フーさんの上着《うわぎ》についていた水滴《すいてき》でした。フーさんはもういちどくしゃみを

AAA
AAGH
HHHH

しました。その瞬間《しゅんかん》、少女《しょうじょ》は本《ほん》をほうりなげ、とてもびっくりしたようすでフーさんを見《み》ました。

「あなたは、いったいだれ？」

フーさんは、ぜいぜい息《いき》をきらしながら言《い》いました。

おれさまは、野蛮《やばん》でおそろしいフーさんだ
おれより強《つよ》くて、気《き》がみじかいやつはこの世《よ》のなかには、いやしない！
おれさまは獣《けもの》のようにガキを食《た》べてやる
ガキは、鍋《なべ》にほうりこんで煮《に》こんでしまうぞ

フーさんは、これだけをひと息《いき》で言《い》うと、また、はっくしょん、はっくしょん、はっくしょんと、くしゃみをしました。

フーさんを女《おんな》の子《こ》はとても楽《たの》しそうにながめています。

「わたしね、いま、オバケのお話《はなし》を読《よ》んでいたの。でも、ほんもののオバケを見《み》るほうが楽《たの》しいな。ね、ね。おねがい。わたしをもっと怖《こわ》がらせてよ。」

そこで、フーさんは怖《こわ》がらせてみました。

ライオンのようにさけび、トラのようなうなり声《ごえ》をだし、ヒヒのように鼻《はな》をならしました。それから、壁紙《かべがみ》に筋《すじ》がつくほど強《つよ》くひっかいたり、しかめっつらをしてみたり、なんともいえない、ぶきみな音《おと》をたてたりしました。

女の子《おんなこ》は、ケラケラと笑《わら》いました。

「わたし、こんなに笑《わら》ったの、ひさしぶり。」

「ぼく、寒《さむ》くなってきたよ。」フーさんは、くたびれたのと、がっかりしたのとで、家《いえ》に帰《かえ》りたくなりました。「あの、ぼく、家《いえ》に帰《かえ》ったほうがいいと思《おも》うんだ。」と、フーさんは言《い》うと、窓《まど》のほうにのろりのろりとむかっていきました。

「約束《やくそく》して。また、わたしの家《いえ》にきてくれるって。」と、女の子《おんなこ》は大声《おおごえ》で言《い》うと、手《て》をふりました。「わたしの名前《なまえ》は、リンマっていうの。」

「そうかい。きっと、また、会《あ》えるんじゃないかな。」そう言《い》って、フーさんは、窓《まど》から外《そと》にでました。

フーさんは、なにがなんだかさっぱりわからなくなって、大《おお》いそぎで家《いえ》にむかって走《はし》りだしました。フーさんが走《はし》っているところへ、自動車《じどうしゃ》が、猛《もう》スピードでとおりすぎ、フーさんの心臓《しんぞう》はぶるぶるっとちぢみあがりそうになりました。こんな生活《せいかつ》、ぼくにはむいていないいんだ、たぶん。心臓《しんぞう》がこんなに弱《よわ》いんだから。もしも、ぼくが死《し》んでしまっても、お葬式《そうしき》にきてくれる人《ひと》なんて、きっとひとりもいないだろうな。すると、フーさんは泣《な》けてきました。

部屋《へや》のなかはあたたかく、レンジではお湯《ゆ》がシュンシュンとわいていました。フーさんは、はちみつ入《い》りの紅茶《こうちゃ》と、野《の》いちごのホットジュースを飲《の》んで、ぬれた洋服《ようふく》をかわかしてからベッドにはいりました。ですが、なかなか寝《ね》つけません。こういうときは、本《ほん》を読《よ》むのがいちばんと思《おも》い、床《ゆか》から『人《ひと》を怖《こわ》がらせるための魔法《まほう》と憂《ゆう》うつ一〇〇一の方法《ほうほう》』という本《ほん》をひろいあげ、読《よ》みはじめました。しかし、読書《どくしょ》にも集中《しゅうちゅう》できません。言葉《ことば》はすこしも目《め》にはいらず、文字《もじ》はまるでアリの行列《ぎょうれつ》です。フーさんは、きっと、ぼくは年《とし》をとったんだとおちこんでしまいました。そのとき、外《そと》でものすごいさけび声《ごえ》がして、フーさんは、ぎょっとしました。たんなる野良犬《のらいぬ》だったんですけどね。

だんだんとフーさんもおちついてきて、すうすうと寝息《ねいき》をたてはじめました。暖炉《だんろ》の薪《まき》も、炎《ほのお》がなくなりまっ赤《か》になって、やがて黒《くろ》っぽくなってきました。部屋《へや》じゅうをやわらかな空気《くうき》がつつみこみ、寝静《ねしず》まりました。

2　フーさんと病気《びょうき》の木《き》

朝《あさ》、フーさんは、しゃきんと目《め》をさましました。あれ、いま、まっ昼間《ぴるま》かな。フーさんは、みょうな気分《きぶん》になりました。なぜって、まっ昼間《ぴるま》に起《お》きているなんて、ひさしぶりのことだったからです。そして、ふと窓《まど》の外《そと》をながめました。

窓《まど》の外《そと》では、黄色《きいろ》い木《こ》の葉《は》が舞《ま》っています。

フーさんはとてもびっくりしました。

ど、どうしたんだろう！　この木《き》はきっと、病気《びょうき》になってしまったにちがいない。フーさんは心配《しんぱい》になり、看病《かんびょう》しないといけないなと思《おも》いました。そうして、道具箱《どうぐばこ》からばんそうこうと、針《はり》、糸《いと》とはさみ、それから薬《くすり》をとりだして外《そと》にでました。

昼間《ひるま》の外《そと》の景色《けしき》は、夜《よる》の風景《ふうけい》とはまったくちがっていました。目《め》がくらむように明《あか》るい

のです。黄色《きいろ》い葉《は》っぱが一枚《いちまい》、バラのとげにささっています。それだけではありません。りんごの木《き》のしたには、黄《き》ばんだり、赤茶《あかちゃ》けた葉《は》っぱが一面《いちめん》にちらかっています。

フーさんは、はしごをもちだし、木《き》にたてかけて、そろりそろり、とのぼりました。はしごにのぼったフーさんは、枝《えだ》に葉《は》っぱをばんそうこうでくっつけて縫《ぬ》い、また、ばんそうこうでくっつけては、ぜんぶの葉《は》っぱが元《もと》の枝《えだ》にもどるまでつづけました。そして、最《さい》後《ご》に咳用《せきよう》の薬《くすり》を、りんごの木《き》の根元《ねもと》にふりかけて部屋《へや》にもどりました。

部屋《へや》にもどったフーさんは、ベッドに腰《こし》をかけて考《かんが》えこみました。これまで、じぶんに起《お》こったおもしろいことを考《かんが》えようとしました。フーさんは、ながいこと静《しず》かに考《かんが》えていましたが何《なに》も思《おも》い出《だ》せなかったので、楽《たの》しいことなんてなかったんだなと思《おも》いました。たぶん、きっと、おもしろいことなんて、ほんとうにただのいちどもなかったのにちがいありません。

部屋《へや》のなかは、いつもとちがうところのようでした。フーさんは目《め》をとじて暗闇《くらやみ》にいるのとおなじになるようにしました。たぶん、いっしょうけんめいがんばれば、光《ひかり》にも慣《な》れるかもしれないなと思《おも》いながら、そのまま寝《ね》いってしまいました。

夜《よる》、フーさんは、とんがったものが列《れつ》をつくってフーさんのほうへむかってくるという、

2　フーさんと病気の木

長《なが》くてきらきらしている夢《ゆめ》を見《み》ました。やがてフーさんは、目《め》をさましました。だんだんと、まっ黒《くろ》けの夜《よる》がやわらかい薄墨色《うすずみいろ》になって明《あか》るくなりはじめました。もうそれ以上《いじょう》、フーさんは、寝《ね》ていることができず、ベッドからぬけだして、部屋《へや》のなかをいったりきたりうろうろしはじめました。

フーさんは、窓《まど》の外《そと》に目《め》をやりました。木《き》がいつものように窓《まど》のそばにたっています。ところが、なんてことでしょう！　木《き》から、また、たくさんの葉《は》っぱが舞《ま》いおち、地面《じめん》のあちらこちらにちらばって横《よこ》たわっています。

この木《き》は、たいへんな病気《びょうき》にちがいない。看病《かんびょう》しないといけないぞ、と考《かんが》えたフーさんは、ばんそうこうと針《はり》と糸《いと》とはさみと薬《くすり》を持《も》って、はしごをたてかけに外《そと》にでました。

それからフーさんは、一日《いちにち》じゅう、葉《は》っぱを枝《えだ》に縫《ぬ》いつけて、ばんそうこうでとめ、薬《くすり》をつけてあげました。夕方《ゆうがた》になると、すっかりくたびれはて、なにかを考《かんが》えるゆとりもまったくなくなって、すとんと眠《ねむ》りにおちてしまいました。

朝《あさ》になると、フーさんは、また、目《め》をさましました。ぼくは病気《びょうき》にちがいない。いままでこんなにまいにちつづけて、明《あか》るい時間《じかん》に目《め》がさめることなんてなかったのに。フーさんは、手《て》さぐりで、毛布《もうふ》を頭《あたま》のうえまでひっぱると、きょうは、ぜったいベッドからでないぞ、と心《こころ》にきめました。そのうちきっと眠《ねむ》たくなってくるだろう。それにしばらくすれば、ぼくの大好《だいす》きな暗《くら》い夜《よる》がやってくるにちがいないし。そのとき、あの木《き》のことを思《おも》いだしました。

フーさんは、おそるおそる頭《あたま》を窓《まど》のほうにむけ、ちょこっとのぞき見《み》て、それから、あわてて頭《あたま》を反対方向《はんたいほうこう》にむけました。あれは、ぜったいにぼくの木《き》なんかじゃないぞ。葉《は》っぱがなにもついていないじゃないか。

フーさんは、ふたたび頭《あたま》のむきを変《か》え、窓《まど》の外《そと》へと目《め》をやりました。たしかに木《き》はありました。しかも、ほとんど葉《は》っぱのない木《き》が。木《き》にのこっている葉《は》っぱといえば、フーさんがいっしょうけんめいくっつけて、縫《ぬ》いつけた葉《は》っぱだけです。

そ、そんな。このままだとまもなくこの木《き》は死《し》んでしまう。そう思《おも》ったフーさんは、ため息《いき》をひとつついて、またまた、ばんそうこうと、針《はり》、糸《いと》とはさみと薬《くすり》を持《も》って外《そと》にでました。そして、一日《いちにち》じゅう、葉《は》っぱを縫《ぬ》いつけ、ばんそうこうでとめ、薬《くすり》をつけ、という作業《さぎょう》をつづけました。あたりがすっかりまっ暗《くら》になったころ、葉《は》っぱはみんな、元《もと》の位置《いち》にもどりました。このあと、フーさんは、電動《でんどう》のこぎりで切《き》りだされた松《まつ》の木《き》が、どさりと地面《じめん》にたおれるように、ベッドのうえにどさりとからだをなげだして、朝《あさ》まで丸太《まるた》のようになってぐっすりと眠《ねむ》りました。

つぎの日《ひ》の朝《あさ》、目《め》をさましたフーさんは、外《そと》を見《み》て、葉《は》っぱがぜんぶしっかりついているのをたしかめました。そして、自《じ》分《ぶん》はなんてすばらしいことをやりとげたのだろう、ぼくってすごいやと感動《かんどう》しました。ぼくがこの木《き》をなおしたんだ。もう、だいじょうぶ。きょうはもう、起《お》きる必要《ひつよう》はないぞ。フーさんは、むきを変《か》えるといつものように、夕方《ゆうがた》まででぐっすりと眠《ねむ》りました。

と、そんなわけで、その冬《ふゆ》のあいだじゅう、フーさんの木《き》には、しっかりと葉《は》っぱがくっついていました。フーさんには、ほかのだれの木《き》よりもりっぱで元気《げんき》な葉《は》っぱをつけた木《き》があります。ほかの木《き》は、葉《は》っぱが茶色《ちゃいろ》くなって枝《えだ》からおち、地面《じめん》でくさって土《つち》にかえるような木《き》ですよね。冬《ふゆ》でもりんごの実《み》がなる木《き》を持《も》っているのはぼくだけだよと思っています。それから、フーさんは、病気《びょうき》の木《き》をなおすことができない人《ひと》たちに同情《どうじょう》しました。みんなは、ぼくから学《まな》ぶべきことが、たくさんあるはずなのに。

3 フーさん釣《つ》りをする

フーさんは、だれかが「もう秋《あき》だ」と言《い》っているのを耳《みみ》にしました。秋《あき》には、釣《つ》りにでかけなきゃ！　フーさんは物置《ものおき》へいって、さて、いったいなにをとりださないといけなかったっけ？　フーさんは考《かんが》えこんで、やっと思《おも》いだしました。釣《つ》りざおが必要《ひつよう》だ。それから釣《つ》り針《ばり》、そして浮《う》き、それからほかにはなんだっけ。そうだ、そうだ、釣《つ》り糸《いと》も。こんなふうにぶつぶついいながら、物置《ものおき》のなかをさがしはじめました。

やっとこさっとこフーさんは釣《つ》りにでかける準備《じゅんび》ができました。

フーさんは、濃《こ》いめにだしたグレー伯爵《はくしゃく》ティー（じつを言《い》うとフーさんは、この紅茶以《こうちゃい》外《がい》の飲《の》みものは飲《の》みません。）を一杯《いっぱい》ごくごくと飲《の》みました。それから、釣《つ》りの道具《どうぐ》をカチャカチャさせながらドアのほうへいきました。なんて釣《つ》りの道具《どうぐ》は、重《おも》たいんだろう。

3　フーさん釣りをする

これなら、きっと大《おお》きなお魚《さかな》がなん匹《びき》もつれるにちがいない、とフーさんは思《おも》いました。

フーさんは、道《みち》のはじっこの影《かげ》になっているところをずっと歩《ある》いていきました。こうすれば、人《ひと》に見《み》られずにすみますから。とちゅう、リンマがおばあさんといっしょに住《す》んでいる小《ちい》さな家《いえ》のそばをとおり、見《み》つからないようにそっとそちらのほうを見《み》ました。また、いつか、リンマを死《し》ぬほど怖《こわ》がらせにいこうと心《こころ》にきめて、さきへといそぎました。

道中《どうちゅう》は、とても寒《さむ》く、耳《みみ》はびりびりと寒《さむ》さでいたみ、釣《つ》りの道具《どうぐ》はますます重《おも》く感《かん》じられました。どうしてぼくは、釣《つ》りなんかにいこうとしているのだろうとへんに思《おも》いました。あ、あそこから森《もり》にはいろう。きっと森《もり》のなかのほうがあたたかいにちがいない。でも、そうではありませんでした。足元《あしもと》でなにかキラキラ光《ひか》るものが、がさがさしています。いったいこれは、なんだろう。森《もり》のなかにガラスがちらばっているのかな。だれかが窓《まど》ガラスをたくさんこわしたのかな。いや、これはきっと、町《まち》が近《ちか》くまでせまってきたからにちがいない、と思《おも》いながら、フーさんはさきへとすすんでいきました。

やっとこさっとこフーさんは池《いけ》のほとりにつきました。どうしてここに池《いけ》があることをおぼえていたのか、フーさんにもわかりませんでした。なんだかとつぜん、到着《とうちゃく》したという感《かん》じだったのです。さて、フーさんは息《いき》をきらしながら、釣《つ》りの道具《どうぐ》をおろし、どっこらしょっと腰《こし》をおろしました。釣《つ》りがこんなにめんどうだなんて、知《し》らなかったよ。もう二度《にど》とするもんかと心《こころ》にきめました。そう心《こころ》にきめると、すぐに気分《きぶん》はよくなりました。

さて、フーさんは釣《つ》りざおをつかむと、重《おも》たそうに肩《かた》の高《たか》さまでもちあげ、一瞬動作《いっしゅんどうさ》をとめてからひゅっと投《な》げました。ごっつんとにぶく割《わ》れるような音《おと》がして、釣《つ》り針《ばり》は、フーさんから二《に》メートルくらいはなれたところに着地《ちゃくち》しました。

あれ、いったいどういうことだろう。池《いけ》ぜんたいがガラスでふさがれています。釣《つ》り針《ばり》が水《みず》にしずまないのに、どうやったら釣《つ》りができるというのでしょう。

それから、フーさんは、ゆっくりと慎重《しんちょう》に釣《つ》り針《ばり》をひきよせましたが、どこかにひっかかってしまいました。フーさんは、なんどもなんどもひっぱって、うんうんうなりながらひきよせるとようやく釣《つ》り針《ばり》は岸辺《きしべ》までもどってきました。まるで十《じっ》キロ走《はし》って、それから、もう一《いち》キロよぶんに走《はし》ったくらいにつかれていました。

さて、フーさん、目《め》をあけたら池《いけ》をふたしているガラスがぜんぶ消《き》えていて、釣《つ》りができるようになっているとよいな、と思《おも》いながら目《め》をとじていのりました。ところが、どうでしょう。フーさんが目《め》をあけても、池《いけ》にはガラスのふたがついたままです。そのうえ、フーさんの隣《となり》には、きらきら光《ひか》った毛《け》、ひらぺったく広《ひろ》がった尾《お》っぽ、がんじょうそうな手足《てあし》とでっぱった歯《は》をしたへんな生《い》き物《もの》があらわれました。これはなんだったっけ、とフーさんは考《かんが》えこみ、ああ、そうだ、ラップランド〔フィンランド最北《さいほく》の州《しゅう》〕に住《す》むビーバーだということに思《おも》いあたりました。

いったいぜんたいどうしたら、こんなところにビーバーがあらわれるというのでしょう。フーさんにはわけがわかりませんでしたが、（おそらく、動物学者《どうぶつがくしゃ》にだってわからなかったと思《おも》いますけど。）とにかくへろへろにくたびれていたので、あまり気《き》にとめませんでした。

フーさんは、よろよろと立《た》ちあがり、帽子《ぼうし》をとって「ごきげんよう。」と声《こえ》をかけました。

すると、ビーバーは、フーさんをじっとやさしいまなざしで見《み》つめてたずねてきました。

「あなたさまは、いったいここでなにをなさっているのですか。」

「釣《つ》りですよ。」

「釣《つ》りですか？」

「ええ。でも、ごらんのとおり池《いけ》にガラスのふたがしてあるので、釣《つ》り針《ばり》を水《みず》にしずめることすらできないのですよ。」

3　フーさん釣りをする

「氷《こおり》がはっているのでしょう。」と、ビーバーは、フーさんの言葉《ことば》を言《い》いなおしました。

「ああ、そうですね。」生《う》まれつきていねいな男《おとこ》のフーさんは、はなしを合《あ》わせました。

「ところで、あなたさまはいったいどなたですか?」と、ビーバーがたずねると、

「わたしですか。わたしは、猛々《たけだけ》しいまっ黒《くろ》くろの怖《こわ》くて、おそるべきフーさんというものです。」と、ややそれらしいポーズをとりながら答《こた》えました。

すると、ビーバーは、おかしくてつい笑《え》みがこぼれそうになりましたが、手《て》で顔《かお》をかくし表情《ひょうじょう》がわからないようにしました。

フーさんは、ビーバーがじぶんのことを怖《こわ》がっていないように思《おも》えたので、「いまはまだ、日中《にっちゅう》ですからね。」とつけ足《た》しました。

ビーバーは、フーさんの釣《つ》りざおと氷《こおり》、フーさんを見《み》て、なにかをたずねようとするふうなようすを見《み》せましたが、気《き》が変《か》わったのか、

「では、わたしがあなたさまをお助《たす》けしましょう。」

と約束《やくそく》すると、じょうぶな尾《お》っぽで氷《こおり》に穴《あな》をあけました。尾《お》っぽはまるで電動《でんどう》ドリルのようで、まばたきを一回《いっかい》しているうちに氷《こおり》にポコンとまん丸《まる》いきれいな穴《あな》があき、穴《あな》からは、黒《くろ》くて冷《つめ》たい水《みず》がのぞいていました。

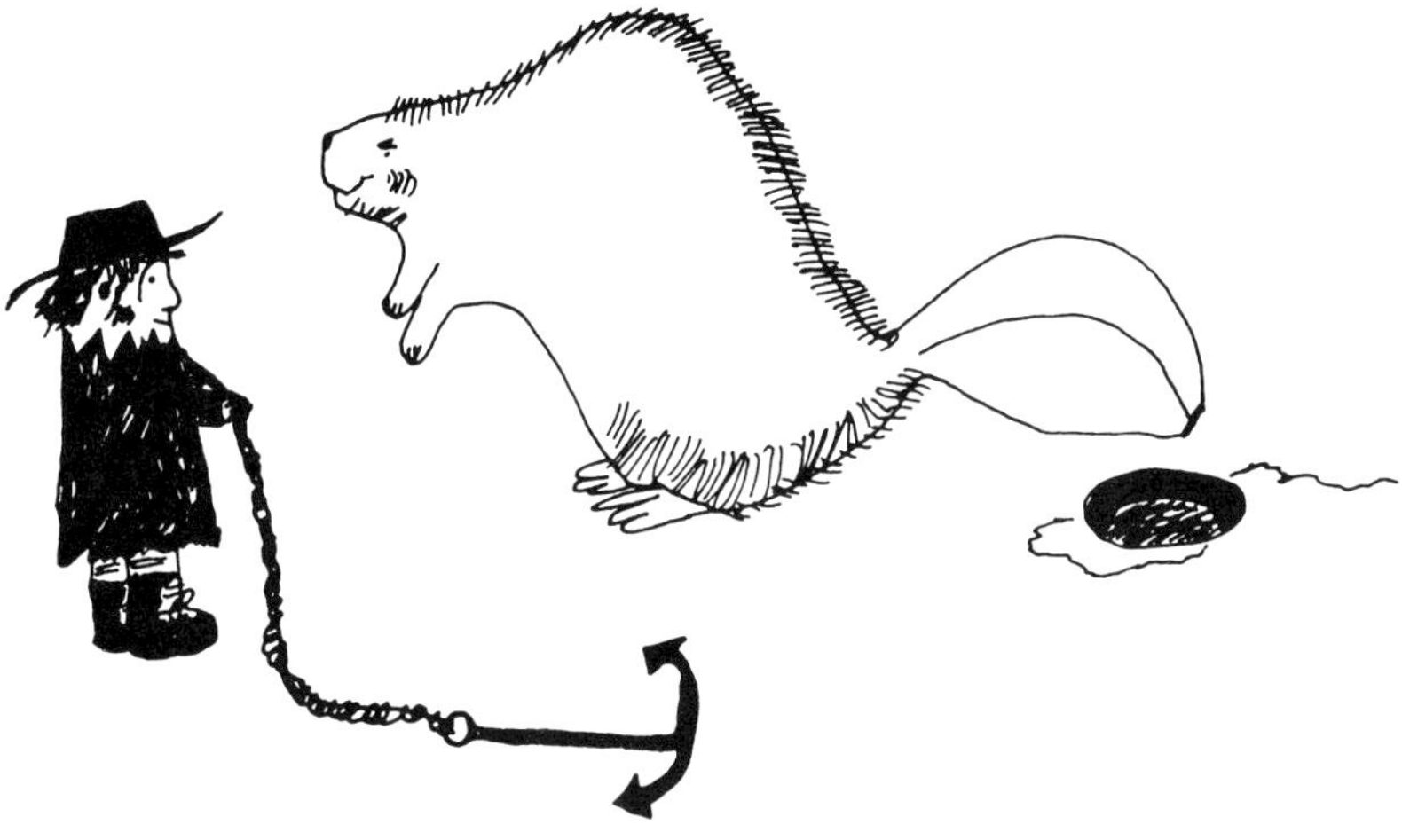

3　フーさん釣りをする

するとフーさんは、おそるおそる釣《つ》りざおを穴《あな》のそばまで持《も》っていき、釣《つ》り針《ばり》を穴《あな》におとしました。しばらく小波《こなみ》が氷《こおり》のしたでゆらゆらとしていましたが、やがて静《しず》かになりました。フーさんは、おちついて氷《こおり》の穴《あな》のそばにすわりました。さてと、これで、お魚《さかな》がかかるのを待《ま》つばかりです。

フーさんは、ひたすらすわって、ひたすら待《ま》ちましたが、だんだん寒《さむ》くなってきました。

「なにかひっぱりますかね。」とビーバーは、手足《てあし》をひっこめてへんな身《み》ぶるいをしながらたずねました。

「たぶん、きっとひっぱっていると思《おも》いますが、ちょっとわかりませんね。」

「では、わたしが見《み》にいってまいりましょう。」と言《い》うと、ビーバーは、穴《あな》のなかへもぐっていきました。

しばらくたって、フーさんはますます凍《こご》えてきました。ビーバーはきっと、池《いけ》の底《そこ》にとらわれてしまったにちがいない、とフーさんは思《おも》いました。

「助《たす》けて。」とフーさんがさけぶと、森《もり》がうぉーっとこたえました。フーさんは、じぶんがとってもちっぽけで、ひとりぼっちだと感《かん》じました。

すると、ビーバーは、姿《すがた》を消《け》したときとおなじように、いつのまにか音《おと》もなくぬうっとあらわれました。

「さあ、もう、ひっぱりあげてだいじょうぶですよ。釣《つ》り針《ばり》に、どうもお魚《さかな》がかかっているようですよ。」

そう言《い》われてフーさんが、歯《は》をぎりぎりと言《い》わせながら、ひっしに釣《つ》り針《ばり》をひっぱりあげると、釣《つ》り針《ばり》はやっと水面《すいめん》まであがってきました。すると、どうでしょう！　なんと、銀色《ぎんいろ》にかがやく丸々《まるまる》と太《ふと》って大《おお》きな、だけどすでに死《し》んでいるお魚《さかな》がかかっているではないですか。

「おお、すばらしい。やった、やった。」とフーさんは、ごきげんです。

ビーバーは、まるで熱《ねつ》でもあるかのように、まだぶるぶるとふるえています。

「ああ、風邪《かぜ》でもひかれましたか。」

「まさか。そうじゃありません。」ビーバーはぶるぶると一段《いちだん》とふるえがまし、ついには抱腹絶倒《ほうふくぜっとう》しました。

フーさんは、お魚《さかな》をながめ、釣《つ》り針《ばり》からはずそうとしましたが、あまりにもしっかりと食《く》いついているので、にっちもさっちもいきませんでした。それではと、フーさんは釣りざおを肩《かた》にのせて、お礼《れい》を言《い》おうとビーバーのほうにむきなおりました。ところが、ビー

バーは跡形《あとかた》もなく消《き》えていました。氷《こおり》の穴《あな》からは、ぶく、ぶく、とあぶくがたっていて、あぶくが水面《すいめん》まできて割《わ》れると、なんだか笑《わら》い声《ごえ》が聞《き》こえてくるような感《かん》じがしたので、フーさんはへんだなと思《おも》いながら、しばらくじっと穴《あな》を見《み》つめていました。たいせつなことは、ぼくが魚《さかな》を釣《つ》れたということなんだとフーさんは思《おも》って、家路《いえじ》につきました。こうして、お魚《さかな》を、大《おお》きくてさびた錨《いかり》にくっつけたまま、森《もり》のなかへと姿《すがた》を消《け》して行《い》きました。

4 フーさん小包《こづつみ》をうけとる

フーさんは、なにかがドアのむこうにあるぞ、という予感《よかん》がして目《め》をさましました。フーさんは、そうっと上着《うわぎ》をはおってドアのところへそろそろと近《ちか》づいてのぞきこみました。思《おも》ったとおりです。ドアのすぐ横《よこ》に、長《なが》くて黒《くろ》っぽくて、ぴくりとも動《うご》かない物体《ぶったい》がいます。フーさんはもういちど見《み》なおしましたが、その物体《ぶったい》は、それでも動《うご》きません。こいつは、ぼくをだまそうとしているぞ、こう思《おも》ったフーさんは、おどろかせた時点《じてん》ではんぶん勝《か》ったようなものだから、ぼくがこいつをだましてみせようと思《おも》いました。というわけで、フーさんは窓《まど》から外《そと》にぬけだすと、ゆっくりと家《いえ》のまわりを歩《ある》きはじめました。

まがり角《かど》が近《ちか》づいてきました。フーさんは、トラのように大《おお》またにかまえ、すべての力《ちから》を後《うし》ろ足《あし》にみなぎらせ、ひっくりかえるのではないかと思《おも》うぐらいに足《あし》をパンパンに緊《きん》張《ちょう》させました。いまだ！　フーさんは、コルケアサーリ動物園《どうぶつえん》（ヘルシンキ湾内《わんない》の島《しま》にある動物園《どうぶつえん》）にいるシベリアトラのようなほえ声《ごえ》をたてながら、正体不明《しょうたいふめい》の、人《ひと》を化《ば》かそうとしている物体《ぶったい》にとびかかりました。

　ドッシーン。フーさんは、地面《じめん》につっぷしました。ところが、その物体《ぶったい》は、フーさんのとなりで横《よこ》たわっているだけで、ぴくりとも動《うご》きません。フーさんは目《め》をつぶり、う、起《お》きあがれないぞ、もうダメだと思《おも》いました。ところがなんにもおこりません。

　フーさんはそうっと目《め》をあけてみました。それからそろりそろりと立《た》ちあがりはじめました。まず、赤《あか》ちゃんのようによつんばいになり、それからひざ立《だ》ちになりました。こうしてもまだ物体《ぶったい》は、ナイフを手《て》にフーさんにむかってきはしませんでしたので、とうとうまっすぐに立《た》ちあがりました。あ、まだ生《い》きてる。フーさんはおどろくばかりか、なんだか気分《きぶん》もよくなってきました。万《まん》が一死《いちし》んでいたら、ぜったいにもっと怒《おこ》ってたな。

　それから地面《じめん》に横《よこ》になったまま、フーさんがとなりに立《た》っていることをいっこうに気《き》にしていない物体《ぶったい》をじっとながめました。フーさんは、じぶんの目《め》にうつっているのはいったいなんだろうとじっと考《かんが》えてみました。するとはっきりしない物体《ぶったい》はだんだんとしっかりした包《つつ》み紙《がみ》で包《つつ》まれた長《なが》いもののように見《み》えてきました。これは、生《い》き物《もの》じゃないぞとフーさんは確信《かくしん》しました。きっとなかになにかがあるはず。すると、フーさんはかがみこんで、包《つつ》み紙《がみ》をはがしはじめました。ひもがとてもしっかりとむすんであったので、ひもをほどくのがいやになる前《まえ》に部屋《へや》からナイフを持《も》ってきて切《き》りました。紙《かみ》をぜんぶとると、まんなかに鉄《てつ》でできたものがぶらさがっている二本《にほん》の長《なが》い板《いた》が見《み》えてきました。そのほかに、片《かた》ほうのはしに皮《かわ》ひものわっか、もう片《かた》ほうのはしには丸《まる》いものがついている釣《つ》りざおが二本《にほん》でてきました。フーさんは、これっていったいぜんたいなにものだろうと言葉《ことば》にならないほどおどろきました。

フーさんは部屋《へや》にはいるとおじいさんの図書室《としょしつ》から、人《ひと》が作《つく》ったみょうな物体《ぶったい》について説明《せつめい》している本《ほん》をさがしました。ところが本《ほん》には言葉《ことば》がならんでいるばかりでなんの役《やく》にもたちません。そのうえ、本《ほん》はドイツ語《ご》で書《か》いてあり、フーさんはドイツ語《ご》もできません。フーさんは本《ほん》を元《もと》の位置《いち》にもどすと、（というのは、本《ほん》はやたらに重《おも》たかったので。）なぞを解決《かいけつ》するためにいそいで外《そと》にいきました。

物体《ぶったい》はものも言《い》わず横《よこ》たわっていました。冬《ふゆ》の朝《あさ》はあいかわらず、まだ外《そと》は暗《くら》く、街灯《がいとう》がほの暗《ぐら》く通《とお》りをてらしていました。フーさんは、物体《ぶったい》からはがした包《つつ》み紙《がみ》をじっと見《み》ました。茶色《ちゃいろ》の紙《かみ》の裏《うら》がわに白《しろ》いものがちらちらしています。フーさんは、紙《かみ》をつかむと顔《かお》のまえまでもちあげました。「**受取人《うけとりにん》フーさん**」とじつにスムーズに読《よ》みました。え、これ、ぼく宛《あて》じゃないか！　え、でも、だれから？　フーさんはつづきを読《よ》みました。**スキー**一《いち》セット。**ストック**一《いち》セット。なかには四《よっ》つはいっていたからふたつもよぶんにうけとったことになります。送《おく》り主《ぬし》ＥＳＴＦ　ＧＲＤＨ。

外国《がいこく》からだ。でも、こんな名前《なまえ》知らないな。フーさんは送《おく》り主《ぬし》のところがもっとよく見《み》えるようにふいてみました。すると文字《もじ》が消《き》えはじめ、とうとう名前《なまえ》のところがまっ黒《くろ》になってしまいました。贈《おく》り物《もの》がだれからで、どうして送《おく》られてきたのか、これでもうわからなくなったよとフーさんは悲《かな》しくなりました。

フーさんは、おじいさんのスキーブーツをさがしだしてはいてみました。それからスキーブーツを金具《かなぐ》につけてみました。金具《かなぐ》をつけるのは、思《おも》っていたよりむずかしかったのですが、そろそろあきらめようと思《おも》ったころにカチャンと音《おと》がしてスキー板《いた》がフーさんのブーツにしっかりとはまりました。そして、もう片《かた》ほうのスキー板《いた》は、いつかだれかにプレゼントしようときめました。フーさんはかがみこむと、ストックをひろいあげてでかけました。砂利《じゃり》がスキー板《いた》のしたでじゃりじゃりと音《おと》をたて、ストックは地面《じめん》に穴《あな》ぼこをあけ、フーさんはもう片《かた》ほうの足《あし》でいっしょうけんめいに地面《じめん》をけりました。凍《こお》った芝《しば》のはえているところまでたどりつくと、ようやくすべりはじめました。フーさんは、こんどは板《いた》をつけていないほうの足《あし》でブレーキをかけようとしましたがうまくいきません。すぐにスキーの板《いた》、ストック、そして、フーさんはまえのめりにころんでしまいました。フーさんの口《くち》のなかは土《つち》と黄色《きいろ》いわらでいっぱいになり、横《よこ》っ腹《ぱら》がずきずきしてきました。

　こんなふうになったら、だれでもすべるのをあきらめてしまうでしょう。でもフーさんはちがいます。フーさんは、いちどきめたらとことんやるんです。ですからフーさんはよろよろとたちあがると、よろよろしながらもすごいスピードで芝《しば》のうえと砂利道《じゃりみち》をかわりばんこにすべっていきました。

　フーさんは、息《いき》が切《き》れて苦《くる》しくなって四回《よんかい》とはんぶんころびました。というのも、最後《さいご》にころびそうになったときはストックで、ほぼまっすぐ立《た》つことに成功《せいこう》したからです。でも、クロスカントリースキーは、フーさんが好《す》きになるスポーツではないということを、ほぼ確信《かくしん》しました。人《ひと》は、スポーツをしないと仕事中《しごとちゅう》に青《あお》ざめるとか、体力維持《たいりょくいじ》をしていないとひっくりかえるとかいうことを、そこらじゅうで耳《みみ》にしていましたが、フーさんは、もうやる気《き》がありませんでしたので、気《き》にしませんでした。とにかく体《たい》力維持《りょくいじ》のある人《ひと》が、体力維持につとめればいいのさ。ぼくは、とてもつかれたから、そろそろ寝《ね》なきゃと思《おも》い、足《あし》からスキーの板《いた》をはずそうとかがみこみました。

ところがスキーの板《いた》が、はずれることをこばみました。フーさんは、ねじったり、よじったりしましたが、ちっとも状況《じょうきょう》はかわりません。それではと、フーさんは、のこぎりや、のみやまさかりを持《も》ちだそうかと思《おも》いました。ところが、そのときフーさんのからだは、はげしくほえるようにふるえました。フーさんは、もう、なにもできないよと、なんとなく間《ま》が伸《の》びたように思《おも》いました。ここはまず、眠《ねむ》ったほうがよさそうだと考《かんが》えたのです。フーさんはよろめきながら部屋《へや》のなかへはいりましたが、ドアをとおってなかにはいるのに二度《にど》、三度《さんど》と、スキーの板《いた》がうまくとおるように工夫《くふう》しなければなりませんでした。ところが、こんどは、スキーの板《いた》がベッドのなかにはいりません。フーさんは、なんどもなんどもああでもないこうでもないとまわしてみました。

ベッドのふちに腰《こし》をかけると睡魔《すいま》がはげしく活動《かつどう》をはじめたのがフーさんにはわかりました。ふわふわした雲《くも》のうえの世界《せかい》へでかける準備《じゅんび》はととのっていたのです。

フーさんは、足元《あしもと》とスキーの板《いた》、ベッドの足元《あしもと》を見《み》つめ、あることを思《おも》いつきました。フーさんは立《た》ちあがると、ソファのところへいって、クッションをふたつとるとベッドの足元《あしもと》に積《つ》みました。これでスキーの板《いた》をベッドの外《そと》がわにだして長《なが》く寝《ね》そべることができ

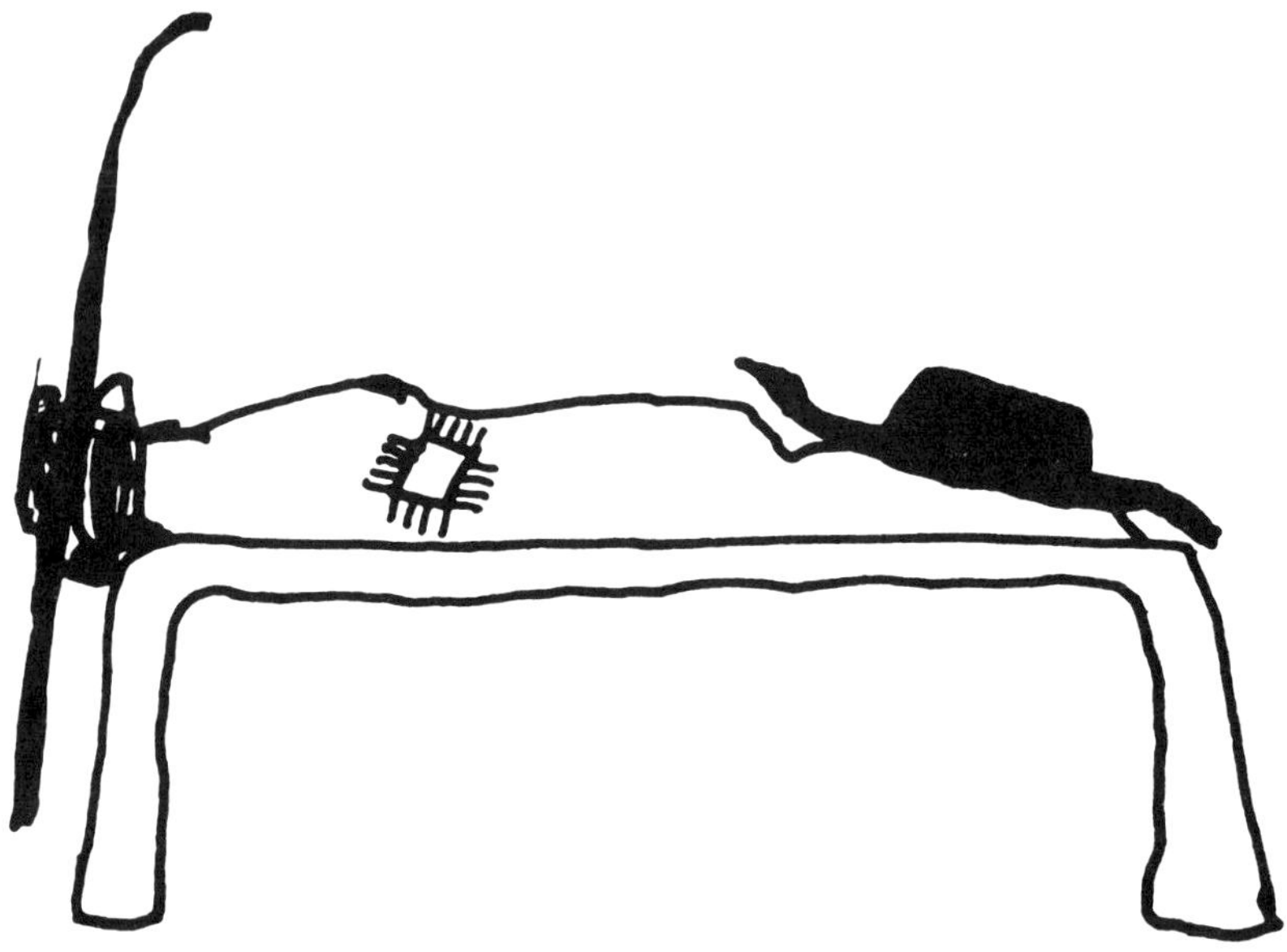

るようになりました。これでスキーの板《いた》は、フーさんのじゃまではなくなりました。

5 フーさんリンマを怖《こわ》がらせる

朝《あさ》がきて、昼《ひる》がきて、夜《よる》がきてもフーさんは、こんこんと眠《ねむ》っています。フーさんは、ガロッシュ〔防水《ぼうすい》、防寒用《ぼうかんよう》ゴム長《なが》ぐつ〕をはいたドラゴンと、ガムをほしいと言《い》っているウシと、暗闇《くらやみ》を怖《こわ》がるようにしむけたじぶんの母親《ははおや》と夢《ゆめ》のなかでむき合《あ》っています……。と、この悪《わる》い夢《ゆめ》にフーさんはぎょっとして目《め》をさましました。

太陽《たいよう》が家《いえ》の壁《かべ》と床《ゆか》をてらし、床《ゆか》には窓枠《まどわく》がしっかりとまっ黒《くろ》にうつっています。フーさんは、窓《まど》ガラスをこわさないようにそうっと起《お》きあがり、床《ゆか》にできた窓《まど》のまわりを歩《ある》きました。壁《かべ》の窓《まど》の元《もと》の位置《いち》には、穴《あな》がぽかりあいて、きらきら金色《きんいろ》にかがやいています。太《たい》陽《よう》がフーさんの目《め》をまっすぐてらし、この状況《じょうきょう》を理《り》解《かい》するのにフーさんはしばらく時《じ》間《かん》がかかりました。

フーさんは、なんだかとても身軽《みがる》に動《うご》けるなと思《おも》いました。そうなんです。スキー板《いた》が、フーさんが眠《ねむ》っているあいだに足《あし》からとれていたのです。フーさんは、夢《ゆめ》のなかで雲《くも》のうえをずっとスキーですべっていて、丘《おか》もふたつほどいちどもころばずにすべりおりたことを思《おも》いだしました。このことは、じぶんの子《こ》どもに話《はな》さなきゃ。いつの日《ひ》か、じぶんが子《こ》どもをさずかることがあればのことだけどね。

フーさんはお庭《にわ》のほうへ歩《ある》いていくと、トリをながめました。シジュウカラが頭《あたま》のうえをとびまわっていたのですが、そのうち一羽《いちわ》の小《ちい》さなシジュウカラがフーさんのそばまでやってきて、手《て》にちょこんととまりました。フーさんは、どきどきするほどふしぎに思《おも》いました。こんなに早《はや》くとびまわるものが、いったいどうしてこんなに軽《かる》いのだろう。シジュウカラは、フーさんの手《て》をえさをついばむようにつっつくと、フーさんのことをおいてけぼりにして、森《もり》のほうへとんでいきました。やがて、スズメたちもどこかへとんでいってしまいました。通《とお》りにはひとっこひとりありません。だれからもかくれる必要《ひつよう》もありません。フーさんはたったひとり、木《き》のしたにいるそんな日《ひ》でした。

おいらは荒《あら》くれフーさんだ

だれもおいらに勝《か》てないぞ
まるできらきらお昼《ひる》のあたたかさ
おいらはへにゃへにゃぶうらぶら

　と、フーさんはじぶんに言《い》ってみました。フーさんは、森《もり》のなかへ歩《ある》いていきました。冬《ふゆ》のまっただなかだというのに、もうすぐ夏《なつ》がやってくるような感《かん》じです。なぜって、ネコヤナギが、もう芽《め》を大《おお》きくふくらませています。フーさんは、これがなにかを予《よ》言《げん》するものだということはおぼえていましたが、いったいなんだったのか……。さっぱりおぼえていませんでした。それからフーさんは石《いし》のうえに腰《こし》をおろしましたが、大《おお》あわてで立《た》ちあがりました。なぜって石《いし》が動《うご》いたうえに「わたしの冬眠《とうみん》をじゃまするのはどいつだ」とうなったからです。

「石《いし》が生《い》き物《もの》だって知《し》らなかったのです。」とフーさんは言《い》いました。

「わたしは石《いし》なんかじゃなくて、コケをかぶったクマだよ。」と石《いし》は言《い》うとごろんとむきを変《か》えました。

「ご、ごめんなさい。」とフーさんは言《い》うと、とぶように家《いえ》のほうへとむかいました。

なにもすることがありません。だれも怖《こわ》がらせる人《ひと》もおりません。本《ほん》ばかりいつも読《よ》んでもいられません。

そのときです、フーさんは、小《ちい》さな家《いえ》に、小《ちい》さな女《おんな》の子《こ》が小《ちい》さなおばあさんとネコといっしょに住《す》んでいたことを思《おも》いだしました。まっ昼間《ぴるま》に子《こ》どもを怖《こわ》がらせることってできるかな。はたしてどんな感《かん》じだろう。フーさんは、そうでなくてもじぶんの腕前《うでまえ》がさびついているように感《かん》じていましたので、もしも、あたらしいことに挑戦《ちょうせん》したら、すこしは腕《うで》前《まえ》がもどってくるかも、とすばらしいことを思《おも》いついたことに気《き》づきました。フーさんはやってみようときめると箱《はこ》のなかからひとつふたつおもしろそうなものをとりだし、帽子《ぼうし》を目元《めもと》までかぶって、でかける用意《ようい》をしました。

運《うん》のよいことに通《とお》りには、車《くるま》という車《くるま》は一台《いちだい》もなく、たった一台《いちだい》、自転車《じてんしゃ》に出会《であ》っただけでした。そのことも、フーさんはほんの間近《まぢか》にくるまで気《き》がつかなかったくらいです。大《おお》きな手《て》がフーさんの目《め》の高《たか》さにぬっとあらわれました。手《て》のなかには片《かた》ほうに獅子《しし》の絵《え》が、もう片《かた》ほうには1という数字《すうじ》が書《か》かれた金属《きんぞく》のかけら〔フィンランドの以前《いぜん》のお金《かね》のこと〕がありました。すると、

「もうちょっと大《おお》きくなるように、すこし食《た》べ物《もの》でも買《か》いな」と、らんぼうな声《こえ》が聞《き》こえ

ました。

そして大男《おおおとこ》は自転車《じてんしゃ》に乗《の》って、キコキコとまたどこかへと去《さ》っていきました。

フーさんは、なぜかわからないけれど、なんだかがっかりしました。丸《まる》い金属《きんぞく》をポケットにおしこむと、じぶんのコレクションにくわえようときめました。これはきっと怖《こわ》がらせにでかけることへのごほうびさ。大男《おおおとこ》がぼくのことを怖《こわ》がったことはたしかだな。そうでなければなにもくれやしないよ。こう考《かんが》えるとフーさんは、すこしは気持《きも》ちをおちつかせることができました。

家《いえ》からは細《ほそ》い煙《けむり》が空《そら》にむかって立《た》ちのぼっています。トウヒ〔松科《まつか》の木《き》〕は枝《えだ》をゆらゆらゆらしています。なぜってこんなところでタバコをすうなんてゆるせなかったからです。でも、いままでだれもトウヒにタバコをすってもよいか、なんてたずねた人《ひと》はいませんでした。

フーさんは、壁《かべ》のそばにそっと近《ちか》づき、なかをのぞきこみました。リンマは部屋《へや》にひとりでいて、お人形《にんぎょう》のお家《うち》で遊《あそ》んでいます。人形《にんぎょう》たちはちょうどお茶《ちゃ》をしていました。テーブルのうえにはケーキが二《に》種類《しゅるい》とパンケーキ、それに小《ちい》さなジンジャークッキーがのっていました。コーヒーポットには熱々《あつあつ》のコーヒーがはいっていて、リンマはちょうど、いつもどおりにいちばん年《とし》うえのお人形《にんぎょう》にコーヒーをついでいるところでした。年《とし》うえの人《ひと》からコーヒーをつぐのはうやまう気持《きも》ちのあらわれなんです。

「お砂糖《さとう》とクリームをいれますか。」とリンマはたずねました。

「わたし、ダイエット中《ちゅう》ですの。もしかして、ヘルメセタス社《しゃ》〔サッカリンを使《つか》った人工甘味料《じんこうかんみりょう》〕のタブレットシュガーはあるかしら。それがあればいただきます。」と人形《にんぎょう》が言《い》いました。

「ざんねんながら、ちょうど切《き》らしているところなの。」とリンマが言《い》うと、

「まあ、たいしたことではないのでけっこうですよ。飲《の》みなれてはいないけれど、まったくなくても、たぶんいただけますわ。」と言《い》うと、カップを手《て》にとってコーヒーを口《くち》にしました。

「まあ、これは、かなり濃《こ》いですね……。」と人形《にんぎょう》はためらいがちに言《い》って、

「お湯《ゆ》をすこしたしますわ。」とつづけました。

「リンマがいれるコーヒーは、いつでも濃《こ》いですよね。」ともういっぽうの人形《にんぎょう》がうなずきながら言《い》いました。

リンマは、まるで言《い》いわけでもするように、「年《とし》をとったイヌにおすわりをおしえるのはむずかしいですものね。」と言《い》いました。

このようすを、フーさんは、コンクリートのようにガッチガチに目《め》を見開《みひら》いて見《み》ていました。じぶんのお腹《なか》がすいている、ということもわかっていました。窓《まど》はしまっていましたが、そんなことはフーさんにとってはいっこうにたいへんなことではなく、するっとぬけて部屋《へや》のなかにはいりこむことなど朝《あさ》めしまえでした。

フーさんはポケットから小《ちい》さくたばねたものをとりだすと床《ゆか》におき、ものすごい声《こえ》でさけびました。**うわわわわわぁ〜。**

リンマは、コーヒーポットをあたらしいマットのうえにおとしてしまうくらいおどろきました。人形《にんぎょう》たちは一瞬《いっしゅん》にして椅子《いす》に凍《こお》りつき、おしゃべりもやめ、綿《わた》のつまったふつうの布《ぬの》の人形《にんぎょう》にもどりました。リンマはまわりを見《み》まわして、弱々《よわよわ》しい声《こえ》で聞《き》きました。

「な、なにがおこったの？」

「ぼくだよ。」とフーさんは得意《とくい》げに答《こた》え、ばんざいをしながら部屋《へや》のまんなかにとびだしました。「ぼくのことが怖《こわ》かったんだよね！」

リンマはフーさんを見《み》るとだんだんと怒《いか》りが顔《かお》にあらわれて、いちばん手近《てぢか》にあったマットたたきをにぎりしめると、フーさんにむかって金切《かなき》り声《ごえ》をあげながらふりかざしました。

「なんてみにくくってきたならしいチビオバケなの。わたしががまんできているあいだにでていって。怖《こわ》がらせにきたのね。せっかくのお人形《にんぎょう》さんたちとのお茶《ちゃ》の時間《じかん》がだいなしよ。ひどいじゃない！」

こんどはフーさんのほうの情勢《じょうせい》があやしくなりました。フーさん、もう、草《くさ》を小《ちい》さくたばねたものを使《つか》うほかはありません。そして、とてもおそろしい声《こえ》で言《い》いました。「お、なんだ。なにかが足元《あしもと》を走《はし》っているよ。」

リンマは一瞬《いっしゅん》にして固《かた》まりました。なぜって、足元《あしもと》で、生《い》きたネズミが走《はし》っていたのです。リンマは、どういうわけだかフーさんよりもネズミのほうが怖《こわ》いのです。おそらく、おばあさんのネズミ恐怖症《きょうふしょう》が遺伝《いでん》したのでしょう。

フーさんに、ふたたび力《ちから》がみなぎってきました。もちろん、リンマにたたかれた背中《せなか》はいたみが走《はし》りましたけど。フーさんは深《ふか》く息《いき》をすって、もういちど怖《こわ》がらせようと気持《きも》ちをととのえました。

ところが、フーさんはすっかりネコのことを忘《わす》れてしまっていました。いつもの夜《よる》とおなじように、このあいだきたときもネコはいあわせませんでした。ところが、きょうはネコが家《いえ》のなかにいて、しかもネズミをやっつけたくてやっつけたくて、どうしようもない

ほどにとても元気《げんき》に動《うご》きまわっています。ネコは、またたく間《ま》にネズミにとびついて、がぶりとひと口《くち》で飲《の》みこんでしまいました。こんなときのネコっていつもこうですよね。もうほんとうに、毛《け》の一本《いっぽん》ものこっていませんでした。それからネコは口《くち》ひげをなめると、フーさんをチラッと見《み》て、どこかへと眠《ねむ》りにいってしまいました。フーさんは、怒《いか》りで口《くち》もきけないほどでした。フーさんのとてもたいせつな魔法《まほう》の道具《どうぐ》がなすすべもなく、なくなってしまったのですから！

「あいつはぜったいネコのひらきにしてやるぞ。」とやっとのことで口《くち》がきけるようになったフーさんはひと言《こと》言《い》いました。

「なんですって。ひらきにする、ですって。」リンマは大声《おおごえ》で言《い》うと、マットたたきを手《て》にしました。「おしおきよ。おしおき、おしおき。」

フーさんは部屋《へや》のなかをとびはねながら逃《に》げまわりましたが、リンマもほとんどおなじ速《はや》さで追《お》いかけたので、フーさんが逃《に》げても逃《に》げてもリンマがすぐに追《お》いついて、フーさんをかんたんにたたくことができました。フーさんは、なさけなさといたさとで泣《な》いてしまいました。こんなにはずかしい思《おも》いをしたことは、いままでに一度《いちど》だってありません。

フーさんはもう走《はし》りつかれてしまい、まいったよと思《おも》いながら立《た》ちどまり、歯医者《はいしゃ》さんで考《かんが》える無痛《むつう》の哲学《てつがく》を思《おも》い、リンマにたたかれるがままになりました。いたみじゃない。苦痛《くつう》なんだ。リンマもフーさんをたたきつづけるのにすっかりくたびれてしまい、ふたりはおたがいに見《み》つめあって立《た》ちつくしました。

そして、リンマは、まるで子猫《こねこ》をつかむようにフーさんの首《くび》ねっこをつかんでドアのところまで連《つ》れていくと、とてもきれいな放物線《ほうぶつせん》をえがくように庭《にわ》へほうりだしました。フーさんは、やっとの思《おも》いで立《た》ちあがると、

「わたしたちを怖《こわ》がらせるなんてもうしないで。もちろん、もうすこしましなことができるようになったら、お人形《にんぎょう》のお茶《ちゃ》の時間《じかん》にきてもいいわよ。お茶《ちゃ》の時間《じかん》は、毎週水曜日《まいしゅうすいようび》の正午《しょうご》からよ。これだけで帰《かえ》してもらえるなんて、感謝《かんしゃ》してね。」というリンマの声《こえ》を背中《せなか》に聞《き》きながら、ちょこまかと森《もり》のなかへとむかいました。

家《いえ》で傷《きず》の手《て》あてをしながらフーさんはひざまずいて、運《うん》がよかったと感謝《かんしゃ》しました。「ぼくは運《うん》がよかったよ。ほんとうに。」そして、もう二度《にど》とあの小《ちい》さくて、おかしくて危険《きけん》な女《おんな》の子《こ》のところへはいかないと心《こころ》にきめました。これは、ぜったい守《まも》らなきゃいけないことだと、フーさんは心《こころ》にちかいました。

6　フーさんおまじないをとなえる

　ある日《ひ》のこと、フーさんは、考《かんが》えごとをしながら机《つくえ》にむかっていました。夜《よる》のうちに、どこからか、冷《つめ》たい空気《くうき》がやってきて、お庭《にわ》の水《みず》たまりが凍《こお》っていました。フーさんは、お茶《ちゃ》をいれ、ときおりひとりでに歌《うた》を歌《うた》っていましたが、気持《きも》ちをしゃんとさせることはできませんでした。冷《つめ》たい、冷《つめ》たい空気《くうき》がぶるぶるっとふるえ、紅茶《こうちゃ》ポットから湯気《ゆげ》があがると壁《かべ》がぴしっぴしっと鳴《な》りました。フーさんは悲《かな》しくなりました。

　お父《とう》さんのことを考《かんが》えていたのです。お父《とう》さんは、フーさんがまだずっと小《ちい》さいときに家《いえ》をでてしまいました。なぜかというと、ずっとおじいさんにたいしてやさしいお父《とう》さんだったのに、ある日《ひ》、とつぜんかんしゃくを起《お》こし、それ以来《いらい》、もう一秒《いちびょう》たりともおじいさんとひとつ屋根《やね》のしたですごすことができなくなってしまったのです。そんなわけで、フーさんは、おじいさんのケアハウスにのこることになったのです。それ以降《いこう》お父《とう》さんのことは、なにも聞《き》いていません。お母《かあ》さんのことは、大《おお》きくてほっとする腕《うで》とふんわりとした夢《ゆめ》としかおぼえていません。お母《かあ》さんは、フーさんが小《ちい》さいころに亡《な》くなりました。

おじいさんはすてきな人《ひと》だったとフーさんは記憶《きおく》しています。とても長《なが》くて、まっ白《しろ》なおひげと、まっ黒《くろ》な目《め》、目《め》のうえには、クロスグリのようにもじゃもじゃのまつげが生《は》えていました。おじいさんは物静《ものしず》かに生活《せいかつ》をするのが信条《しんじょう》でしたがときどきひどく怒《おこ》ることがあって、そんなときは、部屋《へや》のテーブルや椅子《いす》におまじないをかけてトリにしたり、クマにしたり、ペリカンに変《か》えてしまうことがありました。ある朝《あさ》のこと、フーさんが目《め》をさますと、ものすごく大《おお》きなヒヒの腕《うで》のなかで寝《ね》ている夢《ゆめ》をみていたことがありました。これは、おじいさんがフーさんを楽《たの》しませようと見《み》させてくれた夢《ゆめ》でした。

子《こ》どものときはだれでもそうですから、べつにおかしなことではありませんが、フーさんがわがままを言《い》うとおじいさんは、テーブルのうえに杖《つえ》を投《な》げだしてヘビに変《か》え、ヘビがくねくねと動《うご》きはじめるとこんな歌《うた》を歌《うた》いました。

わしは大口《おおくち》、腹《はら》ぺこヘビだ

好物《こうぶつ》ごぞんじ、小《ちい》さな少年《しょうねん》
もちろん、少女《しょうじょ》もひと飲《の》みさ
そうしてくねくね動《うご》くのさ

それからヘビが管楽器《かんがっき》みたいに音《おと》を鳴《な》らし、フーさんが怖《こわ》がるとおじいさんは言《い》いました。「それを手《て》にとってごらん。」言《い》われたとおりフーさんが、びくびくしながらさわると、ヘビは勝手《かって》に曲《きょく》をかなでるフルートに変《か》わりました。すると、おじいさんはまるで、足《あし》でたたく大《おお》きな太鼓《たいこ》のように大《おお》きな声《こえ》で笑《わら》いました。それからおじいさんはフーさんを腕《うで》にかかえると、なにを歌《うた》っているのかさっぱりわからない歌《うた》を歌《うた》い、頭《あたま》をなぜ、フーさんにまず読《よ》むこと、それからおまじないをとなえることをおしえました。なにをおいてもまずは読《よ》むことができるようにならなければいけなかったからなのです。ところが、おじいさんは、時計《とけい》の使《つか》いかたをフーさんにおしえませんでした。時計《とけい》は、だれがいったいなにをするものかをおしえなかったのです。なぜって時間《じかん》というものは、もうそんな時間《じかん》なのか、まだそんな時間《じかん》なのか、その人《ひと》がきめればいいことですからね。

フーさんは、立《た》ちあがって考《かんが》えごとをしながら分厚《ぶあつ》い革《かわ》の表紙《ひょうし》の本《ほん》のところへいきまし

た。本《ほん》には、いまにも消《き》えそうでしたが**『専門家《せんもんか》のための秘伝《ひでん》、特殊《とくしゅ》おまじないのひ　第二《だいに》版《はん》』**というタイトルが書《か》いてありました。フーさんはすでにおまじないのいくつかを忘《わす》れてしまっていましたが、本《ほん》にはおまじないのかけかたが書《か》いてあります。

「草《くさ》の束《たば》をネズミに変《か》える方法《ほうほう》」というのを見《み》たとき、フーさんは、あまりにも古《ふる》いおまじないなので、みにくいネコのお腹《なか》のなかで寝《ね》そべっている感《かん》じがして、はずかしくてまっ赤《か》になりました。「夜《よる》を昼間《ひるま》に変《か》える方法《ほうほう》」は、必要《ひつよう》ないように思《おも》えました。なぜって、夜《よる》と昼《ひる》は、勝手《かって》に交代《こうたい》するじゃないですか。「テーブルをクマに、オオカミに、キツネに、ヘラジカに変《か》える方法《ほうほう》」のおまじないには、すでにうんざりしていました。つぎのページのいちばんうえに書《か》いてあるおまじないは、いったいなんだろう?

「不幸《ふしあわ》せを幸《しあわ》せに変《か》える方法《ほうほう》」。これは、おまじないなんかじゃないと多《おお》くの人《ひと》たちが言《い》うことでしょうね。でも、これこそがおまじないです。フーさんは読《よ》みはじめました。

「不幸《ふしあわ》せだと思《おも》ったら、木《き》の下《した》へ行《い》きなさい。目《め》を閉《と》じて、三《みっ》つ数《かぞ》へ、指《ゆび》を耳《みみ》の穴《あな》に入《い》れて『飛《と》んでけ、飛《と》んでけ、悪《わる》い奴《やつ》。これから始《はじ》まる、幸《しあわ》せな時《とき》』と言《い》ふこと。以上《いじょう》。」

フーさんは外《そと》にでて、りんごの木《き》のしたに立《た》ちました。深呼吸《しんこきゅう》をして、ぴんとした冷《つめ》たい空気《くうき》を吸《す》いこみます。目《め》をとじて、一《いち》、二《に》、三《さん》と数《かぞ》え、耳《みみ》に指《ゆび》をいれてとなえました。

「飛《と》んでけ、飛《と》んでけ、悪《わる》い奴《やつ》。これから始《はじ》まる、幸《しあわ》せな時《とき》。」するとそのときシジュウカラが枝《えだ》でさえずりはじめ、フーさんはじぶんがとてもおちついて、心《こころ》が満《み》たされていることに気《き》づきました。つまり、こんなふうにじぶんが思《おも》うとおりになるのです。

　フーさんは部屋《へや》にもどるとテーブルに腰《こし》をかけ、本《ほん》を読《よ》みつづけました。古《ふる》い本《ほん》は、カサカサと音《おと》をたて、ページとページのあいだからは細《こま》かいちりが舞《ま》いあがり、フーさんはくしゃみをしました。しばらくしてフーさんの目《め》があるところにとまりました。そこにはこんなふうに書《か》かれています。

「冬《ふゆ》、さびしく雪《ゆき》に閉《と》ざされる頃《ころ》、部屋《へや》を花《はな》いっぱいの庭《にわ》に変《か》へることが出来《でき》る。オニユリ、キショウブ、木々《きぎ》の芽《め》が枝《えだ》で揺《ゆ》らめくやうにさせたいですか。このおまじなひは最高《さいこう》機密級《きみつきゅう》。読《よ》むときは声《こえ》に出《だ》さず、暗《くら》いところで読《よ》むこと。」

　フーさんは、カーテンをひいて外《そと》の光《ひかり》が部屋《へや》のなかにはいらないようにしてからつづきを読《よ》みました。ところが、こんどは本《ほん》に書《か》いてあることが読《よ》めません。フーさんはとてもへんな気持《きも》ちになりました。

　フーさんは、本《ほん》には「真《ま》っ暗闇《くらやみ》で」読《よ》むこととは書《か》いていなくて、静《しず》かなところで読《よ》むことだけ書《か》いてあったことを思《おも》いだし、ポケットからマッチ箱《ばこ》をとりだし、耳《みみ》をすまし、音《おと》がまったくないことを確認《かくにん》するとマッチに火《ひ》をつけ、大《おお》いそぎで本《ほん》のその部分《ぶぶん》に書《か》いてあることを読《よ》みました。

それからフーさんは、カーテンをあけると考《かんが》えこみました。このおまじないは、道具《どうぐ》さえそろえばやりがいがあるぞ。成功《せいこう》するかもしれないし。フーさんは、おじいさんの棚《たな》へいくと、長《なが》いことなかをひっかきまわしました。ようやく棚《たな》のなかからふたたび姿《すがた》をあらわすと、フーさんはすっかりくもの巣《す》やほこり、木《き》くずにまみれた姿《すがた》になっていました。フーさんは、口《くち》のところを紐《ひも》でゆるくしばった、茶色《ちゃいろ》の分厚《ぶあつ》い布《ぬの》でできた小《ちい》さな袋《ふくろ》をいくつもにぎりしめていました。

袋《ふくろ》のなかになにがはいっているのかを種《たね》あかしすることはできませんが、ひとつの袋《ふくろ》からは弱々《よわよわ》しく、ぶつぶつ言《い》うような音《おと》が、もうひとつの袋《ふくろ》からはなにやらピーピー言《い》う音《おと》が聞《き》こえていました。ある袋《ふくろ》は、なかにまるでなん匹《びき》もトカゲがはいっているようで、もうひとつの袋《ふくろ》は、まるで楡《にれ》の木《き》のなかでちりちりとガラスの鈴《すず》が鳴《な》っているような音《おと》がしました。べつの袋《ふくろ》は、豆《まめ》つぶほどの大《おお》きさなのに、とても重《おも》くてフーさんはテーブルのうえに持《も》ちあげるのにひと苦労《くろう》でした。

フーさんは、一日《いちにち》じゅう、鍋《なべ》をぐつぐつ、湯気《ゆげ》をもくもくたて、ぐるぐるぐるぐるかきまぜ、まるでキツネに追《お》いかけられているニワトリのように部屋《へや》のなかを走《はし》りまわり、汗《あせ》だくになりながら、数々《かずかず》のおまじないをとなえました。ようやく暗《くら》くなるころになってすべてができあがりはじめました。フーさんは棚《たな》から細《ほそ》くて青《あお》いろうそくをさがしだし真鍮製《しんちゅうせい》のろうそく立《た》てにたて、緑色《みどりいろ》のベンガルマッチで火《ひ》をともし、そのまま待《ま》ちました。

だんだんとろうそくの火《ひ》は大《おお》きく小《ちい》さくゆらめくように動《うご》きはじめ、まっ暗《くら》だった部屋《へや》にお庭《にわ》がしだいに姿《すがた》をあらわしはじめました。

さいしょにあらわれたのは、枝《えだ》に、フーさんのことをたしかめるようにしっかりと見《み》つめる目玉《めだま》のようなものをたくさんつけた、青《あお》や赤《あか》の大《おお》きな木《き》でした。そして、枝《えだ》にぶらさがった目玉《めだま》のひとつがフーさんにぶつかりました。後《うし》ろがわの壁《かべ》は、キショウブでおおわれ、オニユリがそこここで咲《さ》いてうなっています。オーブンのところには大《おお》きな木《き》が生《は》え、その脇《わき》の穴《あな》では、炎《ほのお》がちょろちょろと燃《も》えていました。木《き》の枝《えだ》では、親指《おやゆび》のさきほどの大《おお》きさの小鳥《ことり》たちが枝《えだ》から枝《えだ》へととまることなくとびまわっています。部屋《へや》の隅《すみ》にはスイスイと魚《さかな》たちがおよぐ小《ちい》さな池《いけ》があります。天井《てんじょう》には、大《おお》きくて力強《ちからづよ》いきらきらかがやく黄《こ》金色《がねいろ》の月《つき》がでていました。

フーさんは、ひたすらおまじないがうまくいくように集中《しゅうちゅう》し、そして、こうして成功《せいこう》したのです！　ぼくはやりとげたぞ！　フーさんは細心《さいしん》の注意《ちゅうい》をはらって森《もり》のなかを探検《たんけん》しました。

そのままひと晩《ばん》じゅう、フーさんは森《もり》のなかですごしました。朝焼《あさや》けとともに木々《きぎ》はゆっくりと元《もと》の見慣《みな》れた部屋《へや》にもどっていきましたが、フーさんはゆっくりと森《もり》のなかですごすことができたので、残念《ざんねん》に思《おも》うことはまったくありませんでした。それに、フーさんは、思《おも》いたったら、夜《よる》に森《もり》と、森《もり》に住《す》む動物《どうぶつ》をとりもどすおまじないをとなえることができるのですから。池《いけ》の底《そこ》の大《おお》きな石《いし》のしたでひっきりなしにおしゃべりをしてペストリー〔パイに似《に》た菓子《かし》パン〕を焼《や》くことができるガーパイク〔口《くち》がくちばしのようにのびている魚《さかな》の一種《いっしゅ》〕とおなじことです。つまりずっとずっとひとりぼっちで生《い》きてきたので、一度《いちど》話《はな》しはじめたら、もうおしゃべりをやめることができなくなるみたいなものです。

7 フーさん鏡《かがみ》に姿《すがた》がうつらなくなる

フーさんは、トランプで遊《あそ》んでいました。おじいさんからおそわったとおりにナポレオンをやっつけようと思《おも》いました〔トランプゲームのひとつ〕。ところがダイヤの8がいつまでたってもいいタイミングででてきません。フーさんは、まわりを見《み》まわして、それから、もういちど左右《さゆう》をたしかめてから大《おお》いそぎでカードの順番《じゅんばん》を変《か》えました。すると、それからわりとすぐにダイヤの8がでてきて、ナポレオンを、四人《よにん》の王様《おうさま》でかこんで葬《ほうむ》ることができました。でもなぜか、フーさんは気分《きぶん》がおちつきません。

「おまえは、ずるいやつだ。」フーさんは、鏡《かがみ》にうつったじぶんの姿《すがた》にむかって言《い》いました。鏡《かがみ》のなかのフーさんは、いじわるそうに笑《え》みを浮《う》かべているだけで、なにも答《こた》えず、ただ、しかめっ面《つら》をするだけです。ところが、フーさんが、鏡《かがみ》にうつったじぶんの姿《すがた》にふ

1001

れようとすると、すうっと消《き》えてしまいました。目《め》のまえには、ただじっとなにもうつらない鏡《かがみ》があるだけです。

　たしかに、世《よ》のなかには、影《かげ》のない人《ひと》はいるし、かたちは目《め》に見《み》えているのに、からだの中身《なかみ》がなにもなくて、ひたすらじぶんの中身《なかみ》をさがし、ふたたび中身《なかみ》のある人《ひと》になりたいとさまよっている人《ひと》もいます。でも、長《なが》いあいだ、中身《なかみ》がどこかへ消《き》えていて、ようやくじぶんのことを見《み》つけだせる人《ひと》はとてもすくないはずです。だから、じぶんのことを見《み》うしなってはいけないのです。でも、鏡《かがみ》に姿《すがた》がうつらない人《ひと》など、もっとめずらしいでしょう。すくなくともフーさんは、いままでそんな話《はなし》を聞《き》いたことがありません。いったいなにが原因《げんいん》なのかもわかりません。

　フーさんは目《め》をとじてみました。そして、細《ほそ》く目《め》をあけてためしてみました。もしかしたら、鏡《かがみ》にうつるじぶんの姿《すがた》が、目《め》をとじたフーさんを見《み》て、フーさんになにが起《お》こったんだろうとようすを見《み》にでてくるかもしれないじゃないですか。すると、ほんとうに灰色《はいいろ》っぽくて、黒《くろ》っぽいものが鏡《かがみ》のなかにあらわれました。ところが、フーさんが目《め》をぱちんとあけると、鏡《かがみ》はまた、からっぽになりました。

　フーさんはじっと立《た》ったまま考《かんが》えこみました。まず、一杯紅茶《いっぱいこうちゃ》を飲《の》んでみよう。ちょっとは気分《きぶん》もピリッとするかも。だって、とてつもなくむなしい感《かん》じがするのだもの。

それから、フーさんは、包《つつ》み紙《がみ》を筒型《つつがた》にして薪《まき》のしたにいれてから火《ひ》をつけました。やがてオーブンには、火《ひ》がちょうどいいぐあいにまわりました。さて、お湯《ゆ》がわいたので、フーさんは、グレー伯爵《はくしゃく》ティーに、レモンのスライスと角砂糖《かくざとう》をいれた紅茶《こうちゃ》を一杯《いっぱい》飲《の》むと立《た》ちあがり、ふと、まるで偶然《ぐうぜん》のように鏡《かがみ》のまえに歩《ある》いていき、それから、きゅうに顔《かお》を鏡《かがみ》のほうにむけてみました。鏡《かがみ》のなかにはなにか黒《くろ》っぽく、反射《はんしゃ》するものが一瞬《いっしゅん》見《み》えましたが、またからっぽになり、どこか遠《とお》くのほうから笑《わら》い声《ごえ》が聞《き》こえました。

フーさんは、ふだんでもあわてふためくことはないし、今回《こんかい》もあわてることはありませんでした。とにかく、フーさんは、なにも考《かんが》えないことにしようときめ、ちょうど薪用《まきよう》のかごが、くず枝《えだ》ばかりになっていたので、薪《まき》を納屋《なや》から持《も》ってくることにしました。フーさんはオーブン暖炉《だんろ》のまえにのこりの木《き》くずをおくと、かごを持《も》って納屋《なや》へむかいました。

おもてはおだやかでしめり気《け》をふくんだ南風《みなみかぜ》が、まるで、子馬《こうま》が鼻面《はなづら》で人《ひと》の顔《かお》をなめるように肌《はだ》にあたりました。それになんだかフーさんの心《こころ》をくすぐる初《はじ》めての香《かお》りがただよっています。木々《きぎ》では、耳《みみ》をつんざくようにトリたちがぴーちくぱーちくさえずっています。そして、あたたかくなって水蒸気《すいじょうき》があがりはじめた土《つち》からは、緑《みどり》がとげのようにあらわれはじめました。それから細《ほそ》い側溝《そっこう》にそって、黄色《きいろ》くなった松《まつ》の葉《は》や茶色《ちゃいろ》くなった木々《きぎ》の葉《は》っぱ、木《き》の皮《かわ》が浮《う》いた水《みず》がながれています。おや、いったいこれはなんだろう。フーさんは思《おも》いをめぐらすと、まえにもおなじ経験《けいけん》をしていることを思《おも》いだしました。そうそう、ずいぶんまえにそんなことがあったよ。おぼえているぞと考《かんが》えながら納屋《なや》にむかっていきました。

さて、フーさん、納屋《なや》にやってきて扉《とびら》をあけると、また、びっくりしました。納屋《なや》のどまんなかに日《ひ》に焼《や》けた顔《かお》をして、うれしそうなようすの男《おとこ》の子《こ》が、片《かた》ほうに小刀《こがたな》、もう、片《かた》ほうには、舟《ふね》の形《かたち》になるらしい木《き》の破片《はへん》を持《も》って立《た》っているではないですか。男《おとこ》の子《こ》はフーさんのことを親《した》しげに見《み》つめました。

「おじさんが、ここに住《す》んでいるの。」と男《おとこ》の子《こ》にたずねられたので、

「そうだけど。」とフーさんはやっとの思《おも》いで答《こた》えました。

「ここの木《き》くずを使《つか》って、舟《ふね》を作《つく》ってもいいでしょう。ぼく、ここ以外《いがい》で、こんなにすごい木《き》の破片《はへん》、見《み》たことないよ。」

「あ、あのきみは、このあたりにあたらしく越《こ》してきた人《ひと》なのかな。」と、フーさんがたずねると、

「そうだよ。一週間《いっしゅうかん》まえに町《まち》からうつってきたんだ。ぼく、ここのこと、好《す》きだよ。」と男《おとこ》の子《こ》は答《こた》え、舟作《ふねづく》りのつづきにとりかかりました。

フーさんの家《いえ》は、あたりでもとても古《ふる》く、ぼろぼろなことをみんな知《し》っていましたので、夜《よる》はもちろん、日中《にっちゅう》でさえだれも近《ちか》づこうとはしなくなっていました。じつは、フーさんのおじいさんは、おじいさんのようすを見《み》にくる人《ひと》たちと遊《あそ》ぶことが習慣《しゅうかん》になっていて、その人《ひと》たちをブタやヒツジにしてしまったのです。このあたりの女《おんな》の人《ひと》たちが、ブタやヒツジになった人《ひと》と結婚《けっこん》していることがいやになることぐらい、あなたもわかるでしょう。それ以降《いこう》、フーさんは、いまのいままでこの小《ちい》さな家《いえ》で、とにかく平和《へいわ》にのんびりと生活《せいかつ》していたのです。

ところで、フーさんにとって男《おとこ》の子《こ》と出会《であ》ってしまったことは、三《みっ》つめの超《ちょう》おどろきのできごとで、心臓《しんぞう》にも悪《わる》かったようです。ですから、フーさんは、ゆっくりと深呼吸《しんこきゅう》をくりかえし、太《ふと》い木《き》の切《き》り株《かぶ》に腰《こし》かけました。フーさんはすぐにはなにも言葉《ことば》がでてこず、ただただすわっているだけです。

男《おとこ》の子《こ》はそんなフーさんをじっと見《み》つめて話《はな》しかけました。

「ぼくはミッコ。おじさんは？」

「ぼくはフーさん。」とフーさんは、じつに自信《じしん》のなさそうな声《こえ》で答《こた》えました。

「へんな名前《なまえ》。あ、怒《おこ》らないでね。それにしても、おじさんの服《ふく》もへんだよね。それに、大人《おとな》にしては小《ちい》さいね。ま、おじさんが気《き》にならないならべつにどうでもいいことだけどさ。」

こう言《い》われても、フーさんは、ただただじっとミッコのことを見《み》つめるだけでした。

「おじさん、はずかしがり屋《や》なんだね。」とミッコには、フーさんのことがわかったようです。

するとフーさんは、

「おれさまは、猛々《たけだけ》しくておそろしいまっ黒《くろ》くろのフーさんだ。

ひよひよ、ひよこの骨《ほね》なんて怖《こわ》くない。

おれさまは、子《こ》どもをぐつぐつ、じゅうじゅう、そしてぱっくり食《た》べちゃうぞ。

いやいや、そのまえに、こなごな、めった打《う》ちにしてしまえ。」

と、あらんかぎりの怖《こわ》そうな声《こえ》をはりあげました。「さあ、これで、おれさまのことがわかっただろう。」

こんどはミッコがおどろく番《ばん》です。なんだか、年《とし》をとっていて小《ちい》さくて、弱々《よわよわ》しいおじさんが、わけのわからないことを言《い》うのを耳《みみ》にするのは、はずかしいものですが、フーさんがまっ赤《か》になりながら、さも自信《じしん》ありげに見《み》えたので、ミッコはじぶんが怖《こわ》がっていると思《おも》わせてあげるほうがいいんだろうなと思《おも》い、そういうふうにふるまうことにしました。

「や、やめてくれよ。そ、そんなにおどかさないでくれよ。」とミッコが言《い》うと、フーさんは、はずかしそうにまっ赤《か》になりましたが、気分《きぶん》は良《よ》かったようです。

フーさんは、のしのしといったりきたりしましたが、薪《まき》がパタンとたおれるように床《ゆか》にみごとにひっくりかえってしまいました。ミッコはすごくおかしかったのですが、ひっしにがまんして、フーさんがほこりをはたきながら立《た》ちあがるまで、じっと見守《みまも》っていました。フーさんは、切《き》り株《かぶ》のうえに立《た》つと、やっとミッコとほぼおなじ背《せ》の高《たか》さになりました。「ようし、きょうのところはこれでゆるしてやるとしよう。これで恐怖《きょうふ》の渦《うず》から解放《かいほう》してやるからな。でも、また、つぎもあるから気《き》をつけるんだぞ。さて、おれさまは、これから家《いえ》にもどって、ナイフをとぐとするか。地上《ちじょう》の生《い》き物《もの》たちはおれさまに気《き》をつけるがいいぞ。忘《わす》れるな。まあ、そういうことさ！」とフーさんは大声《おおごえ》でいいました。

ミッコは、舟《ふね》を完成《かんせい》させて、マストの棒《ぼう》に、マッチ棒《ぼう》を使《つか》いました。床《ゆか》をすこしけずって舵《かじ》にし、白樺《しらかば》の木《き》の皮《かわ》をマストにし、できあがりをじっくりとチェックしました。

「ねえ、この舟《ふね》、ちゃんと浮《う》かぶと思《おも》う。」とミッコが聞《き》くと、

フーさんは舟《ふね》をじっとながめて考《かんが》えこみ、

「マストは紙《かみ》にしたほうがいいかな。」といかにも物事《ものごと》を知《し》っている人《ひと》のように言《い》いました。

「おじさんの言《い》うとおりだね。」とミッコは言《い》うと、マストを紙《かみ》に架《か》けかえました。

ふたりがそろって表《おもて》にでると、外《そと》では太陽《たいよう》のあたたかい日《ひ》ざしがふりそそいでいました。木《き》の芽《め》が木々《きぎ》のあいだで反射《はんしゃ》して、今年《ことし》はじめてのクロッカスが黄色《きいろ》い花《はな》をさかせました。フーさんは、十年間《じゅうねんかん》の重《おも》みをいきなり肩《かた》からおろすことができたように感《かん》じました。ミッコは、大《おお》きな水《みず》たまりのほうへ歩《ある》いていくと、木片《もくへん》で作《つく》った舟《ふね》を浮《う》かべてみました。やわらかい風《かぜ》に乗《の》って、舟《ふね》は、うまいぐあいに水《みず》たまりの反対《はんたい》がわまですすみました。ミッコは舟《ふね》をひろいあげると、もういちど水《みず》たまりに浮《う》かべフーさんのほうを見《み》て笑《わら》いかけました。

「これ、すごいや。ありがと。」

7　フーさん鏡に姿がうつらなくなる

「どういたしまして。」とフーさん。

「ぼく、これで帰《かえ》るね。また、来《き》てもいいよね?」

するとフーさんは、長《なが》いこと考《かんが》えてからしぶしぶと、

「うん。まあ、どうぞ。」とやっとのことで、言《い》いました。

ミッコはそれを聞《き》いてうなずくと、

「じゃあね。」と大《おお》きな声《こえ》でいい、走《はし》っていきました。

「じゃあね。」とフーさんも返事《へんじ》をしましたが、もうミッコの姿《すがた》はくねくね道《みち》のむこうに消《き》えてしまっていて、その声《こえ》は聞《き》こえてはいなかったでしょう。ただ、太陽《たいよう》の光《ひかり》がフーさんの首元《くびもと》を後《うし》ろからてらしていました。

フーさんはあくびをしながら、かごに木《き》くずをあつめ、家《いえ》に持《も》ってはいりました。すると、ほこりが太陽《たいよう》の光《ひかり》のなかでふわふわしているのが見《み》えたので、もしかして、そうじをしなければいけないのかなと思《おも》いましたが、来年《らいねん》でもだいじょうぶ。そう考《かんが》えながら、ふとフーさんは鏡《かがみ》に目《め》をやりました。

鏡《かがみ》にうつった姿《すがた》は、一瞬《いっしゅん》ひるみましたが、もう消《き》えませんでした。フーさんは、このとつぜんのできごとにおどろきましたが、目《め》にもしっかりと笑《え》みがもどりました。鏡《かがみ》にう

7　フーさん鏡に姿がうつらなくなる

つる姿《すがた》は、ぷるぷるとふるえていましたが、しばらくすると、しっかりとフーさんの姿《すがた》になりました。フーさんはためしに目《め》をあけたりとじたりしてみましたが、鏡《かがみ》のなかには、フーさんの姿《すがた》が変《か》わらずうつしだされていました。とつぜん、フーさんは、眠《ねむ》たくなってきました。

　フーさんはじぶんがずるい人《ひと》かどうかはもうどうでもよくなって、ため息《いき》をつくと、ベッドに寝《ね》そべりました。鏡《かがみ》の奥《おく》からは、もそもそとした声《こえ》が聞《き》こえていましたが、フーさんの呼吸《こきゅう》がととのうと、その音《おと》もなくなりました。そして、フーさんは、まるで小《ちい》さい子《こ》どもがぐっすり眠《ねむ》るように深《ふか》い眠《ねむ》りにおちました。

8 満月《まんげつ》にほえるフーさん

フーさんは真夜中《まよなか》に目《め》をさましました。あらがうことのできぬ力《ちから》でフーさんは起《お》きあがらせられ、すなおに服《ふく》をきるしかありませんでした。フーさんは不安《ふあん》になりました。夜空《よぞら》には満月《まんげつ》がかがやき、大《おお》きな大《おお》きな雲《くも》がまるで食《た》べすぎの黒《くろ》いヘビのように空《そら》になびいています。小刀《こがたな》、小刀《こがたな》はどこだ。フーさんは、靴《くつ》ひもをぎゅうぎゅうにしばり、ほっぺのかさぶたから血《ち》がでてきたのでばんそうこうを貼《は》りました。それからフーさんはまるで歌《うた》を歌《うた》うようにとなえました。

嗚呼《ああ》、大《おお》きくかがやきむさぼる満月《まんげつ》よ
今宵《こよい》、そなたがいる

フーさんは眠《ねむ》りにつくことはない
獲物《えもの》と**水**《みず》が得《え》られるまでは

（ここで水《みず》という言葉《ことば》でさしている内容《ないよう》は、あきらかに血《ち》をさしています。）

フーさんは、それからしばらく小刀《こがたな》と格闘《かくとう》。じぶんがケガをしないようにと、さやにおさめました。なぜって満月《まんげつ》の夜《よる》に、ほかにはなにも起《お》こらなかったのに、小刀《こがたな》でケガをしたことがまえにもあったから。ふとフーさんは、獲物《えもの》というのは**じぶんのこと**なのかもしれない、それはいかにもありそうなことだと思《おも》いました。こうしてフーさんは、五感《ごかん》をはたらかせ、じぶんの仕事《しごと》に精《せい》をだしました。

まるで、できたてほやほやのエダムチーズのように大《おお》きくて、まん丸《まる》い月《つき》が暗闇《くらやみ》の空《そら》にぽっかりと浮《う》いていて、月《つき》のまわりにはまだヘビがぷかぷかとただよっています。モミの木《き》はざわざわと風《かぜ》にゆれ、枝《えだ》からは大《おお》きなワタリガラスがとびたち、カァ、カァと鳴《な》きながらフーさんの目《め》のまえをとんでいきました。フーさんは、帽子《ぼうし》をしっかり目深《まぶか》にかぶると風《かぜ》のような速《はや》さで、道《みち》のはしを音《おと》もなくすすみました。

獲物《えもの》よ、獲物《えもの》、こっちへこいよ
こっちに小粋《こいき》な友《とも》がいる！

植《う》えこみが、がさがさしています。いまだ！　フーさんは、ものすごいうなり声《ごえ》をあげながら植《う》えこみに突進《とっしん》しました。すると、小《ちい》さなとんがり耳《みみ》の森《もり》ネズミが大《おお》あわてですべりこむように巣《す》へもぐりこみました。フーさんはがっかりしました。森《もり》ネズミは、穴《あな》の奥《おく》深《ふか》くへもぐりこみ、毛《け》づくろいをはじめました。じつは、森《もり》ネズミは、森《もり》でいちばんのきれい好《ず》きな女主人《おんなしゅじん》として知《し》られています。

フーさんは、どうも背中《せなか》をおかしくしてしまったようで、なんだかからだがちがちです。小刀《こがたな》もどこかへとんでいってしまったようで、地面《じめん》にはさやだけがおっこちていました。ようやく小刀《こがたな》が石《いし》のそばにおちているのを見《み》つけましたが、刃《は》はぼろぼろ、小刀《こがたな》もゆがんでしまってもうずたずたです。それでも、満月《まんげつ》の夜《よる》は、小刀《こがたな》を持《も》たずに動《うご》きまわるより、ぼろぼろずたずた小刀《こがたな》でも持《も》っているほうがましなので、フーさんはさやに小刀《こがたな》をおさめると、またさきへとすすみました。

フーさんの背後《はいご》から、なにやらどたんばたんと大《おお》きな音《おと》が聞《き》こえます。フーさんの本能《ほんのう》が、いまならなんでも好《す》きなものが手《て》にはいるぞとささやきかけています。小刀《こがたな》をぎゅっとにぎりしめ、もみの木《き》の背後《はいご》にいきました。月《つき》は、まわりの雲《くも》をふるいおとし、大宇宙《だいうちゅう》でひとり優雅《ゆうが》にぽっかり緑色《みどりいろ》を帯《お》びて浮《う》かんでいます。

フーさんがいくのと反対《はんたい》がわでは、ふたりの大男《おおおとこ》がけんかをしているのが見《み》えます。そのかたわらでは年老《としお》いたおばあさんが横《よこ》たわり、おばあさんのそばにはカゴがおちています。道《みち》のわきにはまだ中身《なかみ》がのこっているらしいビンがありました。男《おとこ》たちはもうふらふらのようでしたが、それでもおたがいになぐりあい、ひっきりなしにののしり合《あ》っています。ふたりが使《つか》っていたひどい言葉《ことば》のなかでいちばんましな言葉《ことば》は、くそっという言葉《ことば》でした。そのほかの言葉《ことば》はここで言《い》うわけにはいきません。

男《おとこ》はふたり。そして、ぼくはひとり。フーさんは、ちぢみあがりました。そのうえ、小《こ》刀《がたな》は刃《は》がぼろぼろで使《つか》いものにならないからぼくは怖《こわ》いよ。

おばあさんが小《ちい》さく声《こえ》をだしてぶつぶつと言《い》いました。男《おとこ》たちはおばあさんのカゴのことでけんかをしています。おばあさんが意識《いしき》をうしなってしまったところに、男《おとこ》たちが偶《ぐう》然《ぜん》とおりがかったのです。ところがふたりともヴィーナ〔蒸留酒《じょうりゅうしゅ》の一種《いっしゅ》〕をたくさん飲《の》んでいて、両方《りょうほう》とも獲物《えもの》をじぶんのものにしたいと思《おも》ったのです。これが、いま、このふたりがけんかをしている理由《りゆう》です。ふたりともおばあさんのカゴの中身《なかみ》をたしかめてはいません。なかには二《に》ペンニ〔フィンランドの以前《いぜん》のお金《かね》〕とティッシュ、カヤーニに住《す》む妹《いもうと》からの手紙《てがみ》がはいっています。そのほかには、はんぶん食《た》べかけのりんご。男《おとこ》たちは、ほんとうにすばらしい獲物《えもの》を手《て》にしたのですが、中身《なかみ》については、知《し》りません。

おばあさんは、またぶつぶつなにかを言《い》いました。

ぼくこそがおばあさんを守《まも》らなければ！　と、フーさんは決心《けっしん》しました。でも、いったいどうやって？

男《おとこ》たちはまえよりいっそうふらふらしながらののしり合《あ》っています。血《ち》が顔《かお》からながれています。

フーさんは、これは賭《か》けをしてみないといけないと考《かんが》えました。そして、肺《はい》いっぱいに息《いき》をすいこむと、微動《びどう》だにせずさけびました。フーさんは、これまでにこんな大声《おおごえ》でさけんだことがないというほど大《おお》きな声《こえ》でさけびました。そのうえ、ワタリガラスがフーさんのさけび声《ごえ》に合《あ》わせるようにカァ、カァ、カァと鳴《な》きました。

男《おとこ》たちは、一瞬《いっしゅん》固《かた》まり、心配《しんぱい》そうにさけび声《ごえ》に耳《みみ》をそばだてました。

「こ、こりぇは、ピャトカーのシャイレンの音《おと》じゃないか。」と片《かた》ほうが言《い》いました。

「いや、トリの声《こえ》かなんかだろう。」ともう片《かた》ほうが言《い》いました。

「おぉ。なんてことだい。オバケのさけび声《ごえ》だよ。」とさけび声《ごえ》を聞《き》いて意識《いしき》をとりもどしたおばあさんがもごもごと言《い》い、そのままた、気《き》をうしないました。

フーさんは、すべての力《ちから》を集中《しゅうちゅう》してもういちどさけびました。こんどはもっと近《ちか》くで、しかも、もっと怖《こわ》そうに。ワタリガラスも、カァ、カァ、カァとさけびました。

「しょのばあしゃんは、いったいなんて言《い》ったんだ。」と背《せ》の高《たか》いほうの男《おとこ》が、まるでたおれるのではないかというほどどぎまぎしながら聞《き》きました。

「オバケがさけんだんだ。」

「オビャケじゃにゃいよ。」

ふたりとも警戒《けいかい》してさけび声《ごえ》のしたほうをむきました。

「しゃけび声《ごえ》、だんだんちきゃくににゃらにゃいか。」と背《せ》の高《たか》いほうが言《い》いました。

「もしかしたら、ここから逃《に》げるのがいちばんいいのかも。」と背《せ》の低《ひく》いほうがひそひそ声《ごえ》で言《い》いました。

「おれがかごを持《も》つよ。」

「いや、おれだ。」

ふたりはまた、かごのことでけんかをはじめました。

そのとき、フーさんは、道《みち》のすぐわきにあるもみの木《き》のすぐ後《うし》ろで、三度《さんど》めのさけび声《ごえ》をあげました。そのさけび声《ごえ》のすごいこと。フーさん自身《じしん》もふるえあがるほどの声《こえ》でした。

と同時《どうじ》に、ふたりの男《おとこ》もあたふた、ちりぢりに走《はし》って逃《に》げていきました。ふたりはおばあさんも、カゴも、そのうえ、けんかの最中《さいちゅう》におれたかぬけたかした歯《は》をふたつのこしていってしまいました。ふたりは走《はし》りに走《はし》り、もう、限界《げんかい》だと思《おも》うまで走《はし》りつづけました。

それから道《みち》のわきに伸《の》びてころがりました。そんなことをしていたのでパトカーが酔《よ》っぱらいのとり締《しま》りにやってきました。とうとうふたりは警察《けいさつ》にひと晩《ばん》やっかいになることになりました。

いっぽう、フーさんは、そろり、そろりとおばあさんに近《ちか》づきました。道《みち》には、血《ち》の海《うみ》ができていて、フーさんはそのなかにぼろぼろの小刀《こがたな》をつっこんで、その小刀《こがたな》で空中《くうちゅう》に絵《え》をえがき、おばあさんのうえで小刀《こがたな》をふり、ぶつぶつととなえました。

満月《まんげつ》よ、これを生《い》けにえとしてささげます
静《しず》かに土《つち》にもどりかけているこれを

岩《いわ》を、切《き》り株《かぶ》を、灰《はい》を、やっとこさっとこのりこえて
のぞみはすべてかなうように

おばあさんは目《め》をさましました。ところが、フーさんのおまじないを耳《みみ》にし、小《ちい》さなまっ黒《くろ》い男《おとこ》が小刀《こがたな》をふりかざし、血《ち》をふりとばしている姿《すがた》を目《め》にすると、またまた気《き》をうしなってしまいました。おばあさんは、毎週日曜日《まいしゅうにちようび》に教会《きょうかい》にかようとても信心深《しんじんぶか》い人《ひと》でした。ですから、悪魔《あくま》にとりつかれたのだと思《おも》ったのです。おばあさんがそんな人《ひと》だということを、フーさんは知《し》る由《よし》もありません。

ワタリガラスは、もみの木《き》のてっぺんで鳴《な》きつづけています。

フーさんは、おばあさんは、きゅうを要《よう》するほどたいへんではないということがわかると公衆電話《こうしゅうでんわ》に行《い》って0を三回《さんかい》まわし、救急車《きゅうきゅうしゃ》をよびました。

救急車《きゅうきゅうしゃ》は到着《とうちゃく》すると、ピーポーピーポーと言《い》いながらおばあさんを乗《の》せて病院《びょういん》へむかい、フーさんの気持《きも》ちもようやくおちつきました。月《つき》は雲《くも》にかくれて姿《すがた》が見《み》えなくなりました。

フーさんは小刀《こがたな》を草《くさ》むらにほうりこむと、のっそりのっそり家《いえ》へむかっていきました。

9　フーさんサウナにはいる

　ある日《ひ》のこと、フーさんはいつもより早《はや》く起《お》きだしました。もう、ずいぶん長《なが》いこと、くる日《ひ》もくる日《ひ》も眠《ねむ》りの浅《あさ》い日《ひ》がつづいていて、いつでも、ほんのささいなことで目《め》がさめてしまいました。まいにちがそんなふうなのに、夜《よる》には眠《ねむ》くなるので、やらなければいけないことも、ときどきしかできません。フーさんが、やりたいか、やりたくないかではなくて、仕事《しごと》をしないのがふつうになっていました。フーさんは、部屋《へや》でのんべんだらりとしていましたが、なんだかとつぜん、部屋《へや》をきちんとかたづけたくなりました。夜《よる》がくるのを待《ま》たなければいけないと考《かんが》えると、それまであまりにも長《なが》く感《かん》じたので、なにかしなければ、と思《おも》ったのです。フーさんは、部屋《へや》の奥《おく》のつみあげた本《ほん》の山《やま》をながめました。本《ほん》の順序《じゅんじょ》は、でたらめで、まるでフーさんの気持《きも》ちとおなじでした。フーさんは、本《ほん》をじいっと見《み》つめましたが、本《ほん》はぴくりとも動《うご》きません。フーさんは、ちょっと考《かんが》えてから呪《じゅ》文《もん》をとなえはじめました。

ひとつ、ふたつ、みっつ、よっつ、いつつ
とにかく、早《はや》く、こっちにこい

本《ほん》は、床《ゆか》のうえにでたらめな順番《じゅんばん》でじっとしたまま、呪文《じゅもん》をとなえても動《うご》きません。

こんどは、「ひゃーっ。」と大声《おおごえ》をだしました。

それでも本《ほん》はぴくりとも動《うご》きません。

ぼくは歳《とし》をとりはじめたんだ。だからもう、呪文《じゅもん》がきかなくなってしまったんだ、とフーさんは、悲《かな》しい気持《きも》ちになりました。本《ほん》でさえもじぶんの力《ちから》ではこばないといけないんだ。すると、フーさんは、本《ほん》を一冊《いっさつ》とって小《こ》脇《わき》にかかえ、ひっしになって反対《はんたい》がわの壁《かべ》のそばまでもっていきました。なんて本《ほん》って重《おも》たいんだ！　フーさんは、汗《あせ》だくになってしまいました。

フーさんは、山積《やまづ》みになっている本《ほん》をながめ、まえにはこんだ本《ほん》よりも軽《かる》そうなのをえらびましたが、その本《ほん》も、残念《ざんねん》ながらおじいさんの罰《ばつ》の重《おも》さとおなじくらいに重《おも》い本《ほん》でした。それから、フーさんは、つぎの本《ほん》、そのまたつぎの本《ほん》、またまたつぎの本《ほん》とつかんではこびました。

本《ほん》の山《やま》のはんぶんを、むこうがわにはこび終《お》わったところで、フーさんは力《ちから》つきて、ベッドにへたりこみました。なにがいちばん憂《ゆう》うつかって、あたらしくできた本《ほん》の山《やま》の存在《そんざい》です……。あたらしい本《ほん》の山《やま》も、元《もと》の本《ほん》の山《やま》ののこりとおなじで、まったくもって完璧《かんぺき》にごちゃごちゃ。ひとつだった順序《じゅんじょ》がぐちゃぐちゃの本《ほん》の山《やま》が、いまではふたつになっています！

やみくもに、ものの量《りょう》だけで価値《かち》をきめる人《ひと》であれば、きっとよろこんだことでしょうが、フーさんは、そういう人《ひと》ではありません。さて、これからぼくはなにをしようかとフーさんは考《かんが》えこみ、考《かんが》えるのをやめると、つぎはもともとあった本《ほん》の山《やま》の、のこりの本《ほん》をあたらしいところへはこぼうか、それとも、あたらしくできた本《ほん》の山《やま》を元《もと》のところへはこぼうかと自問自答《じもんじとう》。けっきょくどうすればいいのかはわからなかったようです。

最終的《さいしゅうてき》にフーさんは、あたらしくできた本《ほん》の山《やま》を元《もと》にもどすことにしました。なぜかというと、理由《りゆう》その（1）すでに、はこんだ本《ほん》については、どのくらいの重《おも》さであるかがわかっている。理由《りゆう》その（2）すでにはこんだ本《ほん》は、本《ほん》についていたちりがおちているはずだから、そのぶんは軽《かる》くなっているはず。理由《りゆう》その（3）まえからあった本《ほん》の山《やま》のほうが、本《ほん》にとっても居心地《いごこち》がいいはず。フーさんは、本《ほん》を移動《いどう》させようときめたこと自体《じたい》が、いままでいちばんおろかなことだったのかもと、ひそかに悲《かな》しみにくれました。

こうして、フーさんは、近《ちか》くにある本《ほん》に近《ちか》づくと勇気《ゆうき》をふりしぼって手《て》にとり、元《もと》の本《ほん》の山《やま》へともどしました。それから、つぎの本《ほん》、そのつぎの本《ほん》、そのまたつぎと本《ほん》をはこびました。

元《もと》の本《ほん》の山《やま》がふたたび、なれしたしんだ本《ほん》の山《やま》にもどったときのフーさんのくたびれかたといったら、おそらくこんなにくたびれたフーさんは、首都圏《しゅとけん》のどこにもみつけることはできないくらいでしたし、仮《かり》にエリアをフィンランド南西部《なんせいぶ》に広《ひろ》げてみてもみつけることはできないくらいのくたびれかたでした。フーさんは、ベッドに横《よこ》になると、キャンプ用《よう》のマットに空気《くうき》をいれるときに足《あし》でふむポンプのような呼吸《こきゅう》をしました。それにしても、フーさんは、まるでのんびり、おおらかな人《ひと》が一九四七年《ねん》から使《つか》いつづけているソリのしたにしいた敷物《しきもの》のように、頭《あたま》のてっぺんから爪《つめ》のさきまでほこりだらけになってくたびれていました。すると、フーさんはどんな方法《ほうほう》でもかまわないから、とにかくきれいになりたいとふと思《おも》いました。それから、どういう方法《ほうほう》がもっともよい方法《ほうほう》かなと考《かんが》えてみました。

　砂《すな》でマッサージかな？　アラビア半島《はんとう》の国々《くにぐに》ではふつうにおこなう砂《すな》のマッサージ。でも、ここでは、そんなに細《こま》かい砂《すな》を手《て》にいれられないからむずかしいよな。雪《ゆき》できれいにしようか？　いや、雪《ゆき》はいまないし。それじゃあ、水《みず》であらうか？　そう思《おも》ってフーさんは、バケツの水《みず》に手《て》をつけてみましたが、なんとなく水《みず》は冷《つめ》たく感《かん》じられ、そのうえ、水《みず》であらうのはなんとなくいやな感《かん》じがしました。呪文《じゅもん》をとなえてみようかな？　いやいや、うまくいくはずないよ。あ、じゃあ、サウナ？

　サウナ？　そうだ。

　フーさんは、本《ほん》を手《て》にとって読《よ》みはじめました。

「芬蘭土《フィンランド》でいにしへより利用《りよう》されてきたこの方法《ほうほう》は、からだと心《こころ》のケアにたいへん適《てき》してゐる。サウナのほかに、ピイトとライ麦焼酎《むぎしょうちゅう》を使《つか》ふと、なほいつそう効果《こうか》が上《あ》がることが知《し》られてゐる也《なり》。」

　サウナ？　サウナはなんだか知《し》っているような気《き》がするな。フーさんはおじいさんがサウナにはいっていたということをきゅうに思《おも》いだしました。ということは、この家《いえ》にサウナがあるということだ。それから、フーさんは、あちこちのドアをあけてはしめ、あけてはまたしめをくりかえしました。

さんざんさがしまわってようやくフーさんは、黒《くろ》い石《いし》がいっぱいつまった缶《かん》のいれものが部屋《へや》の隅《すみ》にあって、その反対《はんたい》がわに広《ひろ》い木製《もくせい》の腰《こし》かけがある小《ちい》さな部屋《へや》にたどりつきました。この配置《はいち》は、サウナについて説明《せつめい》した本《ほん》にあったとおりです。フーさんは疲労感《ひろうかん》が消《き》え、あらたな情熱《じょうねつ》がみなぎりはじめるのを感《かん》じました。これ、まだ、使《つか》えるだろうか。それにしても、どうやって使《つか》うのだろうとフーさんはおどおどと考《かんが》えました。

フーさんは、壁《かべ》にとりつけられていた鉄《てつ》の板《いた》を、指導書《しどうしょ》にあったとおりに外《そと》がわにおしだし、鉄製《てつせい》の缶《かん》のようないれものの底《そこ》の部《ぶ》分《ぶん》を薪《まき》でいっぱいにし、白樺《しらかば》の樹皮《じゅひ》を使《つか》って火《ひ》をつけて扉《とびら》をしめ、それからひたすら待《ま》ちました。

まず、木《き》がきしる音《おと》がしはじめ、すぐにくぐもって、大《おお》さわぎをしているような音《おと》が聞《き》こえます。――ば、爆発《ばくはつ》する。フーさんは、おそろしくなってさけび、両手《りょうて》で顔《かお》をおおいました。

ところが、爆発音《ばくはつおん》は聞《き》こえず、ごう音《おん》は、おちついてきて、うなり声《ごえ》のような音《おと》がただつづくようになりました。やがて、小《ちい》さな部屋《へや》は、じんわりとあたたかくなりはじめました。ちゃんと使《つか》えるじゃないかとフーさんはびっくり。さあ、いそいで水《みず》をはこびこまないと、と思《おも》いたったフーさんは、床《ゆか》にころがっていたバケツをひろいあげ、井戸《いど》へといそぎました。

　バケツの底《そこ》には小《ちい》さな穴《あな》がいっぱいあいていて、せっかくくんだ水《みず》も、地面《じめん》にこぼれてしまいますが、フーさんは、なんどもなんども、サウナと井戸《いど》のあいだを行《い》き来《き》して、サウナにはいるのに必要《ひつよう》なだけの分量《ぶんりょう》の水《みず》を大《おお》きなたらいにいれました。それからさいしょにいれた薪《まき》の火《ひ》が弱《よわ》くなってきたので、また、薪《まき》をくわえました。サウナのなかは、もう熱《あつ》くなっていたので、汗《あせ》もでてきました。さてと、つぎは、とフーさんは考《かんが》えます。

　本《ほん》には、白樺《しらかば》のヴァスタ〔木《き》の枝《えだ》のさきをたばねてつくる。サウナのなかで水《みず》につけてからだをたたくと血行《けっこう》を良《よ》くし、室内《しつない》にいい香《かお》りがみちる〕について書《か》かれていたよな。フーさんは、見《み》つけだすのにずいぶんと時間《じかん》のかかったナイフを手《て》に森《もり》にはいっていきました。フーさんは、岩《いわ》のうえにのぼると、本《ほん》に書《か》いてあったとおりに白樺《しらかば》の細《ほそ》い枝《えだ》を数本切《すうほんき》るとしっかりとまとめました。ヴァスタはなんだかほうきのように見《み》えました。フーさんはヴァスタをサウナに持《も》ちこむと、扉《とびら》をしめ、腰《こし》かけにあがりました。

そしたら、あとは水《みず》をかけるだけ！　フーさんは、本《ほん》に書《か》いてあるとおり、木《き》のひしゃくで水《みず》を石《いし》のうえにかけました。

すると、じゅわーっという音《おと》がして、水《みず》は燃《も》えるような熱《あつ》さとすすをふくんでおそいかかってきました。フーさんは、これまでいちどだってこんなきたないことはなかったというくらいきたない服《ふく》で一日《いちにち》をすごしていましたが、これでもっとまっ黒《くろ》になって、まるでラクリッツ・キャンディ〔グミ・キャンディの一種《いっしゅ》〕のようなまっ黒《くろ》けの姿《すがた》で腰《こし》かけにすわりました。（サウナストーブの石《いし》は、とっても古《ふる》かったので、ほこりやすすがたくさんついていたのです。ですが、フーさんは、そのことに気《き》がついていませんでした。）

「うわあ。助《たす》けてくれえ。燃《も》えちゃうよお。」とフーさんは大声《おおごえ》をあげましたが、だれもフーさんの声《こえ》を聞《き》いてはいなかったでしょう。

噴火《ふんか》のような水蒸気《すいじょうき》のなか、フーさんはおそるおそる上着《うわぎ》をぬぎ、くつもぬぎました。これって、夏《なつ》よりもひどいんじゃないか。それから、フーさん、ヴァスタをつかみ、本《ほん》に書《か》いてあるとおりの方法《ほうほう》でサウナにはいりました。

本《ほん》には、白樺《しらかば》の葉《は》の香《かお》りがサウナいっぱいに充満《じゅうまん》すると、どれだけすばらしいかとか、ヴァスタで肌《はだ》をたたくと、汗《あせ》をとばすことができるなどとかいてありました。そこで、フーさんは、バシンバシンとなんどもなんどもたたきましたが、ただ、いたみがひどくなるだけでした。なぜって、白樺《しらかば》の枝《えだ》は、冬仕様《ふゆしよう》になっていて、枝《えだ》ばかりで、それはまるで、おろかなお母《かあ》さんたちが、そのむかし、子《こ》どもをしかるのに使《つか》ったのとおなじだったからです。まあ、フーさんはシャツとズボンをはいていたのでよかったのですが。もしも、はだかんぼうだったら、いったいどうなっていたことでしょう。

フーさんは、これまでにいちどだって想像《そうぞう》したこともないほどからだじゅうが熱《あつ》くなっていました。フーさんは、まるでお魚《さかな》のように口《くち》をぽかんとあけて腰《こし》かけにすわり、ぜえぜえあえいでいました。ヴァスタには、本《ほん》に書《か》いてあるような効能《こうのう》は感《かん》じられなかったので、すでにどこかへほうりなげてしまっていました。さて、このつぎには、なにをやらないといけないんだっけと、フーさんは記憶《きおく》をよびおこしました。洗《あら》って、すすぐだ。

腰《こし》かけに、石《せっ》けんがありました。石《せっ》けんがいったいどこからやってきたのか、さっぱりわかりませんでしたが、とにかく、家《いえ》ネズミの小《ちい》さな歯型《はがた》でいっぱいの、まるで国立博物《こくりつはくぶつ》館《かん》にある櫛型土器《くしがたどき》のような石《せっ》けんがありました。フーさんは、口《くち》に石《せっ》けんをいれてみましたが、すぐにはきだしました。すると、石《せっ》けんは、あっちこっちにぶつかりながらとんでいき、元《もと》あった場所《ばしょ》でとまりました。

さあ、のこるは、すすぎだけです。

フーさんは、たらいをつかむと、あらんかぎりの力《ちから》をこめて、フーさんと、フーさんがきている服《ふく》ぜんぶにばしゃ～んとかかるよう、できるだけ高《たか》く高《たか》く持《も》ちあげました。

ぎゃあ。フーさんは、まるでナイフをつきつけられた人《ひと》のようなさけび声《ごえ》をあげました。だって、水《みず》は、真冬《まふゆ》の冷《つめ》たい井戸《いど》の水《みず》。サウナにはこびこんでからそれほど時間《じかん》はたっておらず、あまりあたたまっていなかったのです。もちろん、身《み》につけていた服《ふく》がすこしはフーさんを守《まも》ってくれましたが、水《みず》は肌《はだ》にも直接《ちょくせつ》つたわりました。フーさんは、あたふたとサウナからとびだして、お庭《にわ》に立《た》ちつくしました。なんだかくらくらめまいがして、まるで蒸気《じょうき》いっぱいの雲《くも》のなかにいるようでした。

「助《たす》けてくれ。燃《も》えちゃうよ。」フーさんがさけぶと、森《もり》がまったくおなじ言葉《ことば》でこたえました。森《もり》にむかってさけぶと、森《もり》びこになってかえってくるということは、知《し》っていますよね。

だんだんとあたり一面《いちめん》の蒸気《じょうき》がおさまりはじめるとフーさんは、じぶんが素足《すあし》のまま、凍《こお》った草《くさ》のうえに立《た》っていることに気《き》づきました。あれ、へんだな。足《あし》がぜんぜん冷《つめ》たくならないことに気《き》づいたフーさんは、これは、きっとすごい魔法《まほう》にちがいないと思《おも》いました。

フーさんは、部屋《へや》にもどると、服《ふく》がかわくのをひたすら待《ま》ちました。そして、服《ふく》がかわいてからようやくベッドにはいりました。ベッドはなんだかふわふわに感《かん》じられて、フーさんは、ベッドのなかでむにゃむにゃという間《ま》もなく、眠《ねむ》りにおちてしまいました。フーさんは、それから二日《ふつか》二晩《ふたばん》ぐっすり眠《ねむ》り、夢《ゆめ》もいろいろ見《み》ましたが、片《かた》っぱしから忘《わす》れていきました。すてきな夢《ゆめ》って、日中《にっちゅう》まで残《のこ》らないってことですよね。夢《ゆめ》って、暗《くら》がりのほうがうんと好《す》きなのですね、きっと。

10 建築現場《けんちくげんば》のおじさんたちとフーさん

納屋《なや》へいく道《みち》でフーさんは、近《ちか》くの森《もり》からくぐもった音《おと》が聞《き》こえてくるのを耳《みみ》にしました。フーさんはこの音《おと》は爆発音《ばくはつおん》だと思《おも》い、かかしのようにその場《ば》に立《た》ちつくしました。それから大《おお》きな声《こえ》でしゃべるわけのわからない声《こえ》と、モーターエンジンのうなるような音《おと》、枝《えだ》がバリバリおれる音《おと》が聞《き》こえてきました。

フーさんにしてはめずらしいことに、木《き》のかごを納屋《なや》の床《ゆか》におくと、いったいなにが起《お》こっているのかと見《み》にいきました。

すると、森《もり》のなかに男《おとこ》が三人《さんにん》とトラクターがいて、ちょうどためしに地面《じめん》に穴《あな》をあけてみようとしているところでした。そばにはさきほどの爆発《ばくはつ》で地面《じめん》をきりひらいたと思《おも》われる穴《あな》があいていました。穴《あな》のためし掘《ぼ》りが終《お》わると男《おとこ》たちは長《なが》いドリルの先端《せんたん》を土《つち》のなか

からひきだして、おなじことを十《じゅう》メートルさきでもはじめました。地面《じめん》にはドリルが掘《ほ》りだした土《つち》がかんむりのようにつみあげてありました。それからしばらくすると、おそらく法律《ほうりつ》できまっているのでしょう、お休《やす》み時間《じかん》になって、男《おとこ》たちは服《ふく》のボタンをはずしてまえをあけ、タバコを（タバコには、人《ひと》を殺《ころ》してしまうほどの毒《どく》がはいっていることを知《し》らなかったのか、それとも、タバコをすいはじめた年齢《ねんれい》が早《はや》すぎて、すくいようもないほどタバコになじんでしまったんだね……。）すいながら、淡々《たんたん》とした声《こえ》でおしゃべりをはじめました。

「この場所《ばしょ》はよさそうだ。」と言《い》ったのはひとりめの男《おとこ》。

「すこしむこうの土地《とち》だって悪《わる》くはなかったさ。」とふたりめの男《おとこ》。

すると三人《さんにん》めは「あっちのほうがよかったよ。」と言《い》いました。

「でも、こちらのほうがしっかりしてそうだよ。」とひとりめ。

「じめじめしていないよね。」と言《い》ったのはふたりめ。

「うん。じめじめしてない。」と三人《さんにん》め。

「ここにもいい家《いえ》が建《た》てられるさ。」とひとりめは考《かんが》えながら言《い》いました。

「そうだね。」とふたりめ。

「そうだよ。」と三人《さんにん》めは、鼻《はな》をかみながら言《い》いました。「でも、かんたんに道《みち》はひけないよね。沼《ぬま》もあるし、池《いけ》もある。」

ここまで話《はなし》を聞《き》いてフーさんはびっくりぎょうてん。なぜって、この土地《とち》に家《いえ》が建《た》てられるかどうかを調《しら》べにきているのだということがわかったからです。

まあ、家《いえ》をどこに建《た》てるのかはっきりしたわけではないけれど、森《もり》やだだっ広《ぴろ》い土地《とち》が減《へ》ってしまっては、フーさんたちはうれしくありません。こんなことが起《お》こると、フーさんたちは、いそいであたらしい土地《とち》をさがさなければならなくなります。フーさんたちは不動産屋《ふどうさんや》さんにいくわけでもなく、現金《げんきん》で土地《とち》を買《か》うわけでもなく、ふつうの人《ひと》でさえ家《いえ》を買《か》ったりするのはかんたんなことではないのに、フーさんたちにはもっとむずかしいのです。そんなわけで、フーさんたちの数《かず》は、家《いえ》の数《かず》が増《ふ》えると減《へ》ってしまいます。すくなくとも、イタリア人《じん》の墓地《ぼち》のように、背中《せなか》を丸《まる》めてはいらなければならないような真四角《ましかく》の角砂糖《かくざとう》のようなかたちをした、高《たか》い建物《たてもの》が建《た》つとフーさんたちの数《かず》は減《へ》ってしまいます。フーさんは、男《おとこ》たちの話《はなし》を聞《き》いて、まさにそんな建物《たてもの》がここに建《た》てられるんだということがわかりました。

「さて、帰《かえ》ろうか。」とひとりめの男《おとこ》が危険物《きけんぶつ》をすい終《お》えると言《い》いました。

「おお、帰《かえ》ろう。」とふたりめも三人《さんにん》めの男《おとこ》も声《こえ》をそろえて言《い》い、トラクターががががーと音《おと》をたて、エリカ〔英語《えいご》ではヒースとも〕や松《まつ》の子《こ》どもをタイヤでふみつぶしながらこけの生《は》えているほうへと去《さ》っていきました。こんなぼくたちが死《し》ぬかもしれないことを法律《ほうりつ》がゆるしているわけがない。これは松《まつ》の木々《きぎ》の声《こえ》ですが、いまのところ人間《にんげん》の言葉《ことば》にして伝《つた》えることはできません。それに、現代人《げんだいじん》はもう、こんなことはおかまいなしになっていることでしょう。

フーさんは、切《き》り株《かぶ》に腰《こし》をかけて考《かんが》えこみました。一月末《いちがつすえ》だというのに、地面《じめん》はところどころ雪《ゆき》がとけています。自然《しぜん》にも、将来《しょうらい》いったいなにが起《お》きるかわかったものではないのだなと思《おも》いました。ぼくは引《ひ》っ越《こ》さないといけないのかな。でも、そんなことはできないよ。だって、本《ほん》ですらまともにならべられないのに。つまるところ、ぼくはここにとどまるしかないんだ。でも、ここに家《いえ》が建《た》ってしまったら、それもできないなぁ。いったいぼくはどうすればいいんだろう？

フーさんはじっとすわって考《かんが》えました。そう、すわったまま、じっと考《かんが》えていました。

空《そら》はだんだん暗《くら》くなり、冬《ふゆ》のみじかい一日《いちにち》は、終《お》わりをつげはじめています。まるで薄《うす》い布《ぬの》をゆっくりと一枚《いちまい》ずつかけている感《かん》じです。フーさんは凍《こご》えはじめましたが、これはとても重大《じゅうだい》な問題《もんだい》だったので、考《かんが》えごとをとちゅうでやめるわけにはいきません。フーさんはこのとき、男《おとこ》たちの会話《かいわ》を思《おも》いおこしていました。「ここの土地《とち》はしっかりしている。」とひとりが言《い》い、「じめじめしてない。」とべつの人《ひと》が言《い》っていた。じめじめする。ちょっと待《ま》て、もしも、ここがじめじめしていたら、どうにかなるのかな。そういえば、池《いけ》や沼《ぬま》もよくないって言《い》ってたな。ここに池《いけ》から水《みず》をひいてくることってできるかな。

池《いけ》はけっこう遠《とお》くにあって、フーさんは小《ちい》さいシャベルを使《つか》って溝《みぞ》を作《つく》るのはかなりむずかしいことのように思《おも》えました。そんなことをしてたら、一年《いちねん》はかかりそう。おじいさんの魔法《まほう》も使《つか》えそうもないし。フーさんは、だれかに助《たす》けてもらわないと、と、絶望的《ぜつぼうてき》になりました。さて、どうやって助《たす》けてもらおうか？　だれか知《し》り合《あ》いっていたっけ。

「わたしのことをお忘《わす》れじゃないかね。」と耳元《みみもと》で声《こえ》がしました。ビーバーが力強《ちからづよ》い後《うし》ろ足《あし》で立《た》ちあがり、フーさんを親《した》しげにながめています。

「どなたですか。」フーさんは、いつビーバーに出会《であ》ったかなと思《おも》いだそうとしました。

「魚釣《さかなつ》りをしたときにですね。」とビーバーがやさしく言《い》いかけると、

「あ、そうだった。」とフーさんは、まるでなにもかも思《おも》いだしたようなふうに言《い》いましたが、じつは、釣《つ》りをしたことなんてなにひとつ思《おも》いだしていませんでした。

「あなたのことをお助《たす》けしましょう。」とビーバーは言《い》うと、姿《すがた》を消《け》しました。

フーさんがビーバーを呼《よ》びだしていたのだとしても、すこしもふしぎなことではありません。だいたいいつもそのあたりにいるのですから。ですが、フーさんは、コウモリのように目《め》が利《き》きます。もしかしたら、コウモリよりも見《み》えるかもしれません。するとそこへビーバーが姿《すがた》を消《け》したときとおなじように、とつぜん姿《すがた》をあらわしました。

ビーバーは、「さあ、いっしょにきてください。」というと、フーさんのまえを先導《せんどう》するようにすすんでいきました。フーさんは、どうしていっしょにいかなきゃいけないんだろうと思《おも》ったのですが。

あたたかい日《ひ》がつづいていたので、すっかり氷《こおり》がとけた池《いけ》の岸辺《きしべ》までやってくると、ビーバーは、池《いけ》からながれでる小川《おがわ》をせきとめようと大《おお》きな松《まつ》の木《き》をたおしにかかりました。このとき、松《まつ》の木《き》をたおすのに、これ以上早《いじょうはや》い方法《ほうほう》はないというやりかたを使《つか》いました。ビーバーは、松《まつ》の幹《みき》に歯《は》を立《た》てると、電動《でんどう》のこぎりのようにガガガガッとしたのです。松《まつ》の木《き》はもうたおれていました。小川《おがわ》のながれは、すこしずつとまっていき、やがて、水《みず》があふれて森《もり》のほうへとながれはじめました。水《みず》は、いったいどちらの方向《ほうこう》へながれていったと思《おも》いますか？　ちょうど、ぴったり家《いえ》が建《た》てられるという場所《ばしょ》に、まったくそれ以《い》上《じょう》でもそれ以下《いか》でもなく！

フーさんは、信《しん》じられないといったようすで見《み》つめていました。

ビーバーが、じっとだまって待《ま》ちつづけると、穴《あな》はやがて水《みず》にしずみ、水《みず》は、広《ひろ》い広《ひろ》い森《もり》へと広《ひろ》がりはじめました。そのまま水《みず》は凍《こお》ってしまい、じっとその場《ば》で動《うご》かなくなりました。やがて、水《みず》があたり一面《いちめん》いっぱいになると、ビーバーは、堰《せき》をはずし、池《いけ》の水《みず》はふたたび小川《おがわ》にながれはじめました。

「こうしておいたら、男《おとこ》たちには、水《みず》がどこからながれてきたかなんてわかりっこありません。」とビーバーは説明《せつめい》しました。それから、「ぼくもね。ちょうど、いまのお隣《となり》さんがきらいなんです。」と言《い》ったとたんに、ビーバーは消《き》えてしまいました。フーさんが、おはようという言葉《ことば》を言《い》うひまもないくらいでした。

こうして夜《よる》が明《あ》けました。

朝《あさ》になって、森《もり》からは、またエンジンの音《おと》がひびいてきます。フーさんは、岩《いわ》の後《うし》ろにかくれてじっとしていました。森《もり》からは、まず、ガガガガと言《い》いながらトラクターが、きのうとおなじ三人《さんにん》の男《おとこ》たちと、小《ちい》さな赤《あか》ら顔《がお》の丸々《まるまる》とした男《おとこ》がいろいろと指図《さしず》をしながらやってきました。三人《さんにん》は、小《ちい》さな赤《あか》ら顔《がお》に技師《ぎし》さんとよびかけ、後《うし》ろから指《ゆび》をさして説《せつ》明《めい》しています。そして、トラクターがとまるととびおりました。

「さて、ここがその場所《ばしょ》かね？」と技師《ぎし》がたずねると、

「ええ、ここです。」と三人《さんにん》。

「きみたち。いったいなにを言《い》っているんだね？」とやさしい声《こえ》で技師《ぎし》。「ここは、水《みず》びたしじゃないか。」

男《おとこ》たちは、周囲《しゅうい》を見《み》まわして、目《め》のまえの光景《こうけい》におどろき、あわてふためきました。夜《よる》のあいだに氷《こおり》がとけて水《みず》が一面《いちめん》に広《ひろ》がっています。

「なんてことだ。こんなこと、ありえない。」とひとりめ。

「おなじ場所《ばしょ》とは思《おも》えない。」とふたりめ。

「ちがうところじゃないか。」と三人《さんにん》め。

「いや、おなじ場所《ばしょ》だ。」とひとりめ。

「そうだね。」とふたりめ。

「しかたないさ。でも、きのうは水《みず》なんてなかったのに。」と三人《さんにん》め。

技師《ぎし》は、七面鳥《しちめんちょう》の雌鳥《めんどり》のようにまっ赤《か》になってののしりはじめました。

「(きたない言葉《ことば》)おまえらは、酔《よ》っぱらってでもいたのか(きたない言葉《ことば》)。(きたない

言葉《ことば》）おぼえておけよ（きたない言葉《ことば》）。」

技師《ぎし》ののしり声《ごえ》はえんえんとつづきました。

男《おとこ》たちは、びっくりぎょうてん。それからがっくりと肩《かた》をおとし、トラクターのむきを変《か》えて、森《もり》のなかの元《もと》きた道《みち》を静《しず》かにもどっていきました。三人《さんにん》は、技師《ぎし》をとりなすこともせず、そのあともずいぶんと長《なが》いあいだ、技師《ぎし》のどなり声《ごえ》は聞《き》こえてきましたが、やがてその音《おと》も消《き》え、森《もり》はふたたび静《しず》けさにつつまれました。

フーさんは家《いえ》にもどっていきました。道々《みちみち》、松《まつ》の木々《きぎ》がとてもやさしそうに見《み》えるのが印象的《いんしょうてき》でしたし、苔《こけ》も、歩《ある》くたびにふんわりとした感触《かんしょく》で足《あし》のしたでやわらかくたわみました。トリたちがフーさんの頭《あたま》のうえでとびまわり、枝《えだ》のあいだではカササギのつがいがひっこし荷物《にもつ》をはこびこんでいました。風《かぜ》が森《もり》にながれこみ、木々《きぎ》の香《かお》りがまたたちはじめました。どこからともなく犬《いぬ》のほえる声《こえ》が聞《き》こえ、フーさんは心地《ここち》よい気分《きぶん》でした。

11 フーさん町《まち》へでかける

ある晩《ばん》のこと、フーさんは、森《もり》のなかをいったりきたりしていました。ネズミは眠《ねむ》り、トリも眠《ねむ》り、コウモリは冬眠中《とうみんちゅう》で、木々《きぎ》も静《しず》かにしています。ところがフーさんは、家《いえ》に帰《かえ》ることができません。不安《ふあん》な気持《きも》ちにおそわれているというだけで、それ以外《いがい》に理由《りゆう》はさっぱりわかりませんが。ときおりこんなふうに本能《ほんのう》のまま外《そと》にでていないといけないことがあるのです。

古《ふる》いバンが道《みち》のわきにとまっていました。その車《くるま》からなにかがとりはずされて、道《みち》のそばにまるでネコが丸《まる》まって眠《ねむ》るようにひっそりと静《しず》まり、黄色《きいろ》いあかりがふたつの窓《まど》からもれている家《いえ》に持《も》ちこまれました。フーさんは、見《み》つからないように車《くるま》の後《うし》ろのあいているところによじのぼり、ドラム缶《かん》がふたつおいてあるところの後《うし》ろにすべりこみました。

そのときだれかが運転席《うんてんせき》にすわり、エンジンをかけ、ライトをつけてウィンカーをだし、ギアを一速《いっそく》にいれてアクセルをふみこみました。こうして車《くるま》は走《はし》りはじめ、その車《くるま》にはフーさんも乗《の》ったままです。

フーさんだって怖《こわ》がることはあるのですが、今回《こんかい》はそうではありません。正直言《しょうじきい》ってフーさんは、スピードを楽《たの》しんでいました。フーさんは、いままで車《くるま》に乗《の》ったことはありませんでしたが、窓《まど》から見《み》える風景《ふうけい》のなかで、道《みち》がまるでベルトコンベアのようにながれていくのを見《み》ながら、やっほー。さあ、すすめ！　と思《おも》っていました。

しばらくすると、まるで世界《せかい》じゅうの車《くるま》のガソリンがなくなったためか、それとも、エンジンがこわれたか、はたまた目的地《もくてきち》に到着《とうちゃく》したのかで車《くるま》はきゅうに停車《ていしゃ》しました。そして、車《くるま》といっしょにフーさんもとまりました。

フーさんは、つぎになにが起《お》こるかと、おとなしく待《ま》っていました。ところが、車《くるま》はもうごく気配《けはい》がなかったので、車《くるま》からおりることにし、ドアをあけて外《そと》にでました。

車《くるま》は町《まち》に到着《とうちゃく》していました。フーさんは、はじめて町《まち》にやってきました。町《まち》では建物《たてもの》が、まるで風《かぜ》で木々《きぎ》の枝《えだ》のあいだに、ふきだまりのように枝《えだ》がたまっていくように増《ふ》えていく、という話《はなし》を聞《き》いていました。フーさんは今《いま》、目《め》をまるで真《しん》ちゅう製《せい》のタイヤのようにまん

丸《まる》に見開《みひら》いてひっそりとたたずんでいます。

時間《じかん》は早朝二時《そうちょうにじ》。フーさんのまえには日常《にちじょう》があるだけ。黒《くろ》っぽい石《いし》のかたまりがそここで空《そら》にむかってもりあがっていて、窓《まど》にはあかりもなく、光《ひかり》のもれている窓《まど》もあるもののそれはほんのわずか。家々《いえいえ》は、それぞれがひとりぼっちのように見《み》えました。

どこかで車《くるま》がエンジンをふかす音《おと》が聞《き》こえ、だれかの足音《あしおと》がアスファルトにひびきました。通《とお》りは、土《つち》と砂《すな》と車《くるま》からもれたガソリンがいっぱいで、木々《きぎ》は元気《げんき》がなく、そこここの松《まつ》は立《た》ち枯《が》れていました。人《ひと》の目《め》のとどかないところで、しっぽがぴんと立《た》ったネズミの大群《たいぐん》が、かつての権力者《けんりょくしゃ》たちが不滅国家《ふめつこっか》を建国《けんこく》しようとしたようにネズミの国《くに》をいとなんでいました。

フーさんはくたびれてきました。町《まち》がひどいところだということは知《し》っていましたが、こんなにひどいところだとは思《おも》ってもいなかったのです。

（フーさんの肌《はだ》には合《あ》わないこんな町《まち》でも、だれかほかの人《ひと》には合《あ》いますよね。町《まち》には、暖房《だんぼう》もあれば心地《ここち》のよいところだってありますし、よろこびもあれば、人《ひと》だって生活《せいかつ》しているのですから。でも、フーさんは、こういったものを、この町《まち》で目《め》にすることはなかったのですけどね。）

フーさんは、ひとっこひとり、車一台《くるまいちだい》とおらない通《とお》りを歩《ある》いて、あちこちをいろいろと見《み》てまわりました。お店《みせ》、標識《ひょうしき》、手《て》いれのされた植《う》えこみ、イヌ用《よう》の公園《こうえん》、鶏小屋《とりごや》、牛乳屋《ぎゅうにゅうや》さん、銅像《どうぞう》、テイクアウトの食《た》べ物屋《ものや》さん、お肉《にく》の脂身《あぶらみ》、スープ、ホットチョコレートにイチゴ、びんぼうくさい食事《しょくじ》、お金持《かねも》ちとそうでない人《ひと》、お金《かね》、怒《いか》り、ありあまるほどのおいしいもの、腐《くさ》った豚肉《ぶたにく》、ごみ、ほこり、山《やま》のようなありとあらゆる品々《しなじな》、公園《こうえん》、紳士《しんし》たち、そしてうわっつらだけの人々《ひとびと》、こんなものをほかならぬフーさんだけがたったひとり目《め》にしました。

ところで、どうやったら家《いえ》に帰《かえ》ることができるだろうとフーさんは涙《なみだ》をあふれさせながら考《かんが》えていました。なぜって、フーさんはじぶんがどこに住《す》んでいるかもわからなかったからです。

フーさんは住所《じゅうしょ》を思《おも》いだそうとしましたが、おじいさんがフーさんに語《かた》って聞《き》かせた言《こと》葉《ば》のなかでおぼえているのはたったのふたつ。松《まつ》のこんもり森《もり》、悪魔《あくま》池《いけ》のうしろ。こんな住所《じゅうしょ》で家《いえ》までたどりつけるわけがないよ。どうしていままで車《くるま》ででかけなかったのだろうと黒《くろ》い服《ふく》をきた小《ち》さなフーさんは、おちこみ、そして悲《かな》しみました。

たいへんな状況《じょうきょう》のときこそ、助《たす》けはなかなかやってこないものです。フーさんは、通《とお》りを走《はし》りあがり、べつの通《とお》りをくだり、港《みなと》をまわり、だれもいないマーケット広場《ひろば》を横《よこ》ぎり、大統領官邸《だいとうりょうかんてい》まえと警護《けいご》の兵士《へいし》のまえをすぎ、冬装備《ふゆそうび》をした小型船《こがたせん》のまえをすぎ、雑踏《ざっとう》のとぎれることのない駅《えき》にまぎれ、最後《さいご》にやっとの思《おも》いで小《ちい》さな公園《こうえん》にたどりつきました。こうして移動《いどう》している最中《さいちゅう》にもフーさんは、だれとも会《あ》いませんでした。大統領官邸《だいとうりょうかんてい》にはあかりがともっていました。大統領《だいとうりょう》は、かつらをとって人《ひと》に知《し》られないように長《なが》くてしっかりとした黒髪《くろかみ》をブラッシングしているかもしれません。そこここの通《とお》りのかどにはまるで蠟人形《ろうにんぎょう》のようにおまわりさんが立《た》っていました。港《みなと》の波《なみ》うちぎわにはカモたちがいます。それから屋根《やね》に**タクシー**という黄色《きいろ》い小《ちい》さな表示《ひょうじ》をつけた車《くるま》が一台《いちだい》いました。これが、すべて。これでどうにかなるのだろうか？

　おまわりさんに近《ちか》づく気持《きも》ちにはなれませんでしたので、タクシーに近《ちか》づいてみました。フーさんがはずかしそうに手《て》をふると、タクシーはするするっとよってきてとまり、ドアがぱかっとあきました。フーさんがよじのぼるようにして車《くるま》に乗《の》りこむとすぐに動《うご》きだしました。運転手《うんてんしゅ》はフーさんにぼんやりとした視線《しせん》を送《おく》りました。きょうは夕方《ゆうがた》から夜《よる》にかけていろいろな人《ひと》や物《もの》を目《め》にしたけれど、フーさんははじめて見《み》るなって。でも、もともと運転手《うんてんしゅ》は、土《つち》にめりこむのではないかと思《おも》われるほど長《なが》いあごをして、象牙《ぞうげ》をつけた五《ご》

メートルもあるような男《おとこ》が乗《の》りこんできたとしてもちっともおどろかないような人《ひと》でした。つまり、この運転手《うんてんしゅ》はいままでそれなりに、いろいろな種類《しゅるい》の人《ひと》たちを見《み》てきているわけです。

「さて、では、どこへまいりましょうか。」と運転手《うんてんしゅ》は、まるでついでに物《もの》をたずねるように言《い》いました。

「松《まつ》のこんもり森《もり》、悪魔池《あくまいけ》のうしろ。」とフーさんはほかになにも言《い》いようがなかったので、ぼそぼそとつぶやくように言《い》いました。

「かしこまりました。」運転手《うんてんしゅ》はこういうと、タイヤをきゅるきゅるきゅるっと言《い》わせながら田舎《いなか》へむかう道《みち》のほうへ車《くるま》を向《む》けました。

フーさんはなにがなんだかわかりません。運転手《うんてんしゅ》はぼくが住《す》んでいる場所《ばしょ》を知《し》っているのだろうか。それとも、世界《せかい》じゅうにはおなじ名前《なまえ》の場所《ばしょ》がいくつも存在《そんざい》するのだろうか。さて、どうなることやら。とにかく、どうやって、運転手《うんてんしゅ》はフーさんを連《つ》れ帰《かえ》ったのでしょうか？

しばらく走《はし》ってから、町《まち》にくるときに乗《の》っていた車《くるま》とおなじように、タクシーもとまりました。運転手《うんてんしゅ》は、ダッシュボードでカチカチいっていた機械《きかい》をとめてじっと確認《かくにん》をしてから言《い》いました。「三十二《さんじゅうに》マルカ〔フィンランドの以前《いぜん》のお金《かね》〕です。」

「そうですか。」とフーさんはていねいに応答《おうとう》しました。

「三十二《さんじゅうに》マルカですが。お金《かね》がないとか?」

「お金《かね》、ですか?」とフーさんは考《かんが》えこみました。

「銭《ぜに》、通貨《つうか》、マネー。」と運転手《うんてんしゅ》はべつの言葉《ことば》でも言《い》ってみました。またへんなお客《きゃく》を乗《の》せてしまったとも思《おも》いました。そのうえ、この小《ちい》さくてきたならしいじいさんは、まったくおろか者《もの》みたいだし。

「あの、ところで、ふつうはお金《かね》というものはどこにあるものなのですか?」とフーさんはおそるおそるたずねました。

「ポケットのなかでもさがされては。もしなければおまわりのとこでもいくかね。」

フーさんは、まわるってなんだろうと思《おも》ったのですが、どうも聞《き》く気持《きも》ちになれなかったので、とにかくポケットのなかをさぐってみました。しばらくすると、フーさんは、なんだかたくさんの紙《かみ》の切《き》れはしと古《ふる》い本《ほん》、そして皮製《かわせい》の小銭《こぜに》いれを見《み》つけだしました。そうしてそれをぜんぶ運転手《うんてんしゅ》にわたしました。運転手《うんてんしゅ》は、しばらくわたされたものをじっとながめると、紙《かみ》の切《き》れはしをぜんぶ捨《す》ててしまいました。そしてこの時《とき》、運転手《うんてんしゅ》もフーさんも気《き》づかぬうちに、世界《せかい》でただ一《ひと》つ残《のこ》っていた、複雑《ふくざつ》なことをしなくても姿《すがた》を消《け》すことができる方法《ほうほう》が記《しる》された紙《かみ》をなくしてしまいました。それからとてもめずらしい一七〇〇年代《ねんだい》に出版《しゅっぱん》された本《ほん》を確認《かくにん》しました。運転手《うんてんしゅ》は蔵書票《ぞうしょひょう》の会《かい》という会《かい》に所属《しょぞく》していたのでそのことがわかったのです。それから小銭《こぜに》いれをあけると中身《なかみ》をてのひらのうえにひっくりかえしました。

すると森《もり》のなかから見《み》えかくれする満月《まんげつ》のようにやわらかな黄色《きいろ》い色《いろ》をした硬貨《こうか》が五枚《ごまい》あらわれました。

運転手《うんてんしゅ》は長《なが》いこと口笛《くちぶえ》をふいて指《ゆび》でさわりながらフーさんのことを見《み》かえしました。

「これは、金《きん》ですか?」と運転手《うんてんしゅ》。

「さあ。」とフーさんはどっちともつかずの答《こた》え。だって、フーさんはまったくなにもわからなかったのですから。

運転手《うんてんしゅ》の目《め》はきらりと光《ひか》り、てのひらから硬貨《こうか》を一枚《いちまい》とると、のこりはまた小銭《こぜに》いれにひっくりかえすようにしてもどして、小銭《こぜに》いれと本《ほん》をフーさんにかえしました。フーさんは、つぎにさがすものはなんだろう、どんなさがしものでも対応《たいおう》できるようにと考《かんが》えながら、ポケットにそれをおしこみました。ところが、運転手《うんてんしゅ》は、フーさんのためにタクシーのドアをあけて「ご利用《りよう》、まことにありがとうございました。またのご利用《りよう》をお待《ま》ちしております。」といいました。

フーさんはうなずくと、どうしたのだろうかとふしぎに思《おも》いながら森《もり》にむかって歩《ある》きはじめました。フーさんは、まず、一本《いっぽん》めの小道《こみち》を見《み》つけ、もうすこし歩《ある》くと二本《にほん》めを、そして最後《さいご》に三本《さんぼん》めの道《みち》を見《み》つけました。フーさんはしばらく歩《ある》くとじぶんのことを待《ま》ちこがれているじぶんの家《いえ》が目《め》にはいりました。家《いえ》は、何時間《なんじかん》も暖炉《だんろ》がたかれていなかったので、とても寒《さむ》そうに見《み》えました。フーさんはすぐに火《ひ》をつけて、熱々《あつあつ》のお茶《ちゃ》をいれる準備《じゅんび》をはじめました。フーさんはとにかくいま混乱《こんらん》していて、まだ、なにも考《かんが》えることができませんでした。フーさんがふしぎに思《おも》ったのは、なんと言《い》っても運転手《うんてんしゅ》が小銭《こぜに》いれの中身《なかみ》にとても感激《かんげき》していたことでした。地下《ちか》にあるおじいさんの宝箱《たからばこ》には、おじいさんがいつのころからか、どこからか持《も》ってきた、これとおなじものがいっぱいはいっています。でも、フーさんは、いちども気《き》にとめたことがありません。松《まつ》ぼっくりのほうがうんとましなおもちゃでしたから。でも、これで、使《つか》い道《みち》ができました。たとえばタクシーとかに使《つか》えます。どうしてほかのフーたちも、これを使《つか》いたいと思《おも》わなかったのだろう。フーさんは考《かんが》えましたが、そういうことを考《かんが》えたことさえもすぐにどこかに忘《わす》れてしまいました。

なにもかもフーさんにとっては、たいしたことではなかったからです。

紅茶《こうちゃ》をいれようと思《おも》ってわかしていた水《みず》が沸騰《ふっとう》しはじめたので、紅茶《こうちゃ》の葉《は》をいれ、棚《たな》からは、なくなることがないラスク〔パンからつくったビスケットの一種《いっしゅ》〕を一枚《いちまい》とりだし、まるでお砂糖《さとう》がはいっているように紅茶《こうちゃ》をかきまぜて、ラスクにかぶりつきました。部屋《へや》の隅《すみ》には冬《ふゆ》の風《かぜ》がひゅうひゅうとふきこみ、レンジのあかりが部屋《へや》のなかで熱《あつ》く燃《も》え、床《ゆか》や壁《かべ》にゆらゆらと影《かげ》をうつしています。それから、フーさんは、炎《ほのお》の動《うご》きをじっとながめながら、長《なが》いあいだ、まったく動《うご》かずにじっとしていました。

12　フーさんと巨大《きょだい》なネコ

フーさんは、部屋《へや》のなかをあっちへいったり、こっちへきたりしながら歌《うた》を歌《うた》っています。

おいらはひとり、おいらは苦《くる》しい
友《とも》だちなんて　いないよ　おいらは
そんなこと、よくよくよーくわかっているさ
そんなこと、なぐさめなんかにならないさ

こんなふうにして時間《じかん》は一時間《いちじかん》、二時間《にじかん》とすぎていきます。すこしずつフーさんはおち

ついてきました。外《そと》では春《はる》の淡雪《あわゆき》が舞《ま》っていて、朝《あさ》になればあたりはまっ白《しろ》になるでしょう。フーさんは気分《きぶん》よくすごしていました。じぶんでつんだコケモモの小枝《こえだ》をじっと見《み》つめました。コケモモは、小《ちい》さな緑《みどり》のふわふわしたふさや待《ま》ち針《ばり》の頭《あたま》くらいの大《おお》きさをした白《しろ》っぽいつぼみをつけています。

フーさんは、コケモモの花《はな》にむかって「実《み》が熟《じゅく》したらぼくが実《み》になったきみたちをつんで食《た》べるんだ。」と言《い》ってジャムの味《あじ》をもう楽《たの》しんでいるようでした。

でも、ジャムになるまでには、まだまだ長《なが》い時間《じかん》待《ま》たなければなりません。もちろん、フーさんに時間《じかん》はあります。

紅茶《こうちゃ》をいれようとわかしていたお湯《ゆ》が、レンジのうえでシュンシュンとわいています。紅茶《こうちゃ》をいれて飲《の》みながらフーさんはとりあえず寝《ね》ようと思《おも》いました。子《こ》どもを怖《こわ》がらせに雪《ゆき》のなかにでかけるのは無駄《むだ》なこと。それに、そろそろ子《こ》どもたちが起《お》きだす時間帯《じかんたい》です。

屋根《やね》のうえではカサカサッと音《おと》がしました。それからこんどはガタガタッという音《おと》がしました。

風《かぜ》だなとフーさんは思《おも》いました。

ところが、それから、どたんどたんと足音《あしおと》がするようになったのです。

歩《ある》く風《かぜ》か、と考《かんが》えながらフーさんはまた紅茶《こうちゃ》を一杯《いっぱい》、飲《の》みました。すると、こんどは、屋根《やね》から重《おも》たいものがおちてきたような音《おと》がしました。それから耳《みみ》がいたくなるようなさけび声《ごえ》が聞《き》こえ、扉《とびら》にごーん、とぶつかりました。

風《かぜ》がげほごほ言《い》いながら屋根《やね》からおっこちたんだとフーさんはちょっとびっくりしながら思《おも》いました。フーさんは本棚《ほんだな》から本《ほん》をぬきだすと、いっしょうけんめいに本《ほん》を読《よ》みはじめました。それからすこししてからのこと、フーさんは、天地《てんち》をさかさまにして本《ほん》を読《よ》んでいることに気《き》づきました。フーさんはその本《ほん》がアラビア語《ご》の本《ほん》だと思《おも》っていたのです。

ドアがふたたび大《おお》きくきしんで、しゃがれたさけび声《ごえ》がしました。「なかにいれろ。でなければ、ドアをぶちこわすぞ！」

フーさんは立《た》ちあがってドアをあけにいきました。フーさんは、オーブンのお皿《さら》をとりだすための道具《どうぐ》をせおい、風《かぜ》とは、どうやってふくものなのかを風《かぜ》におしえようとでかける準備《じゅんび》をしました。ぼくの背中《せなか》にあたっている風《かぜ》は、南風《みなみかぜ》かな、東風《ひがしかぜ》かな、それとも西風《にしかぜ》だろうか。北風《きたかぜ》であればちょっと気《き》をつけなければいけないぞ。北風《きたかぜ》だったら、冷《つめ》たくてぷりぷりしながら一年《いちねん》の思《おも》いをぶつけるようにフーさんの家《いえ》にふきつけているかもしれないからな。でも、どこからふく風《かぜ》か、いちども見《み》たこともないのにわかるだろうか。とフーさんは考《かんが》えながらドアを細《ほそ》くあけました。

するとドアは、バターンといきおいよくあいてフーさんは部屋《へや》の反対《はんたい》がわまでとばされてしまいました。みるとドアのところにものすごく大《おお》きくてまっ黒《くろ》いネコがあらわれ、しゃがれた声《こえ》で「きみはここにひとりで住《す》んでいるのかい?」とたずねました。

「はい、そうですが。父《ちち》も母《はは》もいま、家《いえ》にはおりませんが。」と答《こた》えたフーさん。

フーさんはどうしてじぶんがそんなふうに答《こた》えてしまったのかわかりませんでしたが、こういうふうに答《こた》えるのが適当《てきとう》だと思《おも》ったのです。

「そうか。」すっごく大《おお》きなネコはそういうと、しっぽのさきを電気自動車《でんきじどうしゃ》の電源《でんげん》アンテナのように天井《てんじょう》にピンとむけながらはいってきました。

すっごく大《おお》きなネコは、部屋《へや》のまんなかで仁王立《におうだ》ちになり、部屋《へや》をじろじろ見《み》まわしてからたずねました。「ここには、小《ちい》さな子《こ》どもはいないのか。もちろん、きみ以外《いがい》にだが。」

「いませんよ。」フーさんは答《こた》えるとオーブンのお皿《さら》をとりだす道具《どうぐ》をぎゅっとにぎりしめました。

「ここに、ネズミはいないのか?」

ました。

「いませんが。」

するとネコはますます不機嫌《ふきげん》になりながら、「ミルクも一滴《いってき》もないのかね。」とたずね

フーさんは、ふるえる声《こえ》で、「いいえ。それもありません。」と答《こた》えました。「すこしばかり紅茶《こうちゃ》がありましたが、それもたったいま、最後《さいご》の一滴《いってき》まで飲《の》んでしまいました。」と言《い》うやいなや、フーさんは稲妻《いなずま》のようないきおいで紅茶《こうちゃ》を一気《いっき》に飲《の》みほしました。

するとネコは、しゃーっと言《い》って怒《おこ》りだし、「それじゃ、**きみを**食《た》べてしまおうか。」と言《い》いました。

「ど、どうしてですか。」とフーさんは、心《こころ》のそこからおどろきながらたずねました。

ネコのほうもおどろきました。そして、瞬間考《しゅんかんかんが》えました。

「なぜだって。わたしはいつも小《ちい》さな子《こ》どもを食《た》べているからさ。」と言《い》うと、口《くち》ひげをなめ「子《こ》どもってておいしいからな。」とつづけました。

このときフーさんは、生《う》まれてはじめて子《こ》どもを怖《こわ》がらせたときのことを思《おも》いだしていました。フーさんは子《こ》どもに、「焼《や》いてしまうぞ。」と言《い》ったのですが、子《こ》どものことをほんとうに食《た》べてしまうことがあるなんて考《かんが》えてもみませんでした。子《こ》どもに言《い》うことは、

たんなるお話《はなし》なのですから。そんなことは、だれでもわかりきっていることです。

「あなたは、へんですよ。」とフーさんは、力《ちから》をこめて言《い》いました。

するとすっごく大《おお》きなネコの目《め》は、細《ほそ》くするどくなりました。

「わたしにたいしてそんなことを言《い》ったものはどこにもいないぞ。おまえの言《い》ったことなどなんにも聞《き》こえていないぞ。」とネコは言《い》うと首《くび》をぐるぐるとまわしました。

それからネコは口《くち》をあけて小《ちい》さなナイフのようにするどい歯《は》をぐわっと見《み》せ、ひた、ひたとフーさんに近《ちか》づいてきました。

フーさんは、ひっしになって考《かんが》えました。ネコはまったく動《うご》いていないように見《み》えていましたが、口《くち》は、もう目《め》のまえまでせまっています。それでもまだなお、ひた、ひたと近《ちか》づいてきています。

「どうしてあなたは、そんなに大《おお》きいのですか。」とフーさんはほかにたずねることを思《おも》いつかなかったのでこんなことをとっさにたずねてみました。

すると「どうしておまえさんはそんなに小《ちい》さいのかね。」とネコがやさしく聞《き》きかえしました。「それにわたしが大《おお》きすぎるわけではないさ。おまえさんが小《ちい》さすぎるのさ。おまえさんはすぐに、もっと小《ちい》さくなるんだがな！」

と言《い》うと、ネコはフーさんをひと息《いき》に食《た》べようと口《くち》をあんぐりとあけました。

フーさんはそのときやっと動《うご》くことができて、オーブン皿《さら》をとりだす道具《どうぐ》をネコの口《くち》のなかに投《な》げつけるとソファのしたにもぐりこみました。フーさんは目《め》をつぶり、耳《みみ》をふさぎ、つぎに起《お》こる最悪《さいあく》の状況《じょうきょう》にそなえました。

フーさんにはなんの音《おと》も聞《き》こえませんでしたが、それは、耳《みみ》に手《て》をあてていたからです。耳《みみ》から手《て》をはずしてみるとフーさんの部屋《へや》には爆弾《ばくだん》がおちたような音《おと》がしていました。フーさんは目《め》をあけると大《おお》きなネコがぼんぼんとはずみながら床《ゆか》でおどっている姿《すがた》が目《め》にはいりました。オーブン皿《さら》をとりだす道具《どうぐ》は、口《くち》のところでおれていて、つかむことさえできなくなっていました。でも、ネコは、爪《つめ》で床《ゆか》をといでいて、といだ跡《あと》はまるでやわらかい雪面《せつめん》にクロスカントリースキー用《よう》のコースができているかのようでした。ネコはまだ近《ちか》づくにはあぶない状態《じょうたい》で、危険物体《きけんぶったい》そのものでした。フーさんは、まだほかにもなにかしなければと思《おも》い、ベッドのしたへすべりこみました。

フーさんはきゅうに子《こ》どものころを思《おも》いだしました。おじいさんの腕《うで》にだかれておじいさんに呪文《じゅもん》とにぶくひびく声《こえ》で歌《うた》うことをおしえられたこと、モノを動物《どうぶつ》に変《か》えてしまう方法《ほうほう》をおそわったことを思《おも》いだしました。これは、フーさんにはもうできることです。そしたら、その反対《はんたい》は？　動物《どうぶつ》をモノに変《か》えるのにはどうしたらよいのだろう。おじいさんはそれもたしかおしえてくれたはず。でも、フーさんには思《おも》いだせません。ネコはもうベッドの毛布《もうふ》やらシーツやらをまるでティッシュペーパーのようにひきちぎりはじめているのでそう時間《じかん》はありません。

そのときです、やっとフーさんは思《おも》いだしました。呪文《じゅもん》をさかさまに言《い》えば動物《どうぶつ》をモノに変《か》えられるのです。フーさんはまず呪文《じゅもん》をとなえ、それからかなえたいことを言《い》いました。「しずまれ、ひどいネコ！　こねいどひ、れまずし！　おまえは白《しろ》いミルクになるぞ！　ぞるなにくるみいろしはえまお！」「ひとつ、ふたつ、みっつ。つっみ、つたふ、つとひ！」

さいしょはなにも起《お》こりませんでした。ですからフーさんはもうすぐ死《し》んでしまうんだなと思《おも》ったくらいです。

すると、シーッという音《おと》が聞《き》こえてきて、大《おお》きなネコは、だんだんととけていき、やがてミルクの水《みず》たまりがフーさんの目《め》のまえのマットのうえにできました。

フーさんには、こんなに古《ふる》い呪文《じゅもん》でこんなにすごいことができるなんて信《しん》じられませんでした。フーさんはそうっと気《き》をつけながらベッドのしたからゆっくりとでてくるとミルクの水《みず》たまりのそばまでやってきました。ミルクは水《みず》たまりのようになっているだけで、大《おお》きなネコはもうどこにもいませんでした。

フーさんは、ぼろ布《ぬの》をとりだすとミルクをすいとり、じっと考《かんが》えてからこんどはぼろ布《ぬの》をオーブンにほうりこみました。するとジューッという音《おと》と、遠《とお》くからはネコが鳴《な》く声《こえ》が聞《き》こえ、部屋《へや》にはミルクがこげるにおいが広《ひろ》がりました。なにかがオーブンのなかでシュンシュンという音《おと》を立《た》て、空気《くうき》がフーさんをとおりぬけてドアのほうへとながれていき、部屋《へや》のランプがゆれ、それからやがてシンとなりました。

フーさんが外《そと》をながめると、もう朝《あさ》がやってきていて、雪《ゆき》の道《みち》のうえには、人《ひと》の手《て》のひらくらいの大《おお》きさのネコの足跡《あしあと》だけがつづいていました。その足跡《あしあと》はバラの生垣《いけがき》へとつづき、外《そと》の道《みち》へとむかっていってやがて見《み》えなくなりました。遠《とお》くから、今朝《けさ》はじめての車《くるま》のエンジン音《おん》が聞《き》こえてきます。

フーさんは、自分《じぶん》がものすごい危険《きけん》にさらされていたことを思《おも》いかえすと、ひどくおそろしくなってきました。ネコはぼくのことを食《た》べてしまったかもしれない。でも、いったいどうしたら、ネコがあんなにも大《おお》きくなるのだろう。どうも、わからないぞ。

雪道《ゆきみち》には、小《ちい》さなネコの足跡《あしあと》がついています。足跡《あしあと》は、フーさんの家《いえ》の軒下《のきした》へとつづいていて、そこで、とつぜん、大《おお》きくなってきゅうにうえへとあがっています。フーさんはその場所《ばしょ》へいって、じっくりながめようとかがみこみました。すると、雪《ゆき》のしたからやぶれた袋《ふくろ》がでてきて、その袋《ふくろ》のなかにはほんのすこし緑色《みどりいろ》の粉《こな》がのこっていました。ネコは、その粉《こな》を食《た》べたにちがいありません。

フーさんは、これでなにもかも納得《なっとく》できました。フーさんは、棚《たな》を大掃除《おおそうじ》したときに、おじいさんの古《ふる》い袋《ふくろ》をすてました。そのときは、呪文《じゅもん》の力《ちから》はなにものこっていないと思《おも》ったのです。ところが、力《ちから》はまだのこっていたようです。

自分《じぶん》でこの粉《こな》を食《た》べていたら、いったいどういうことになっていたのでしょう。世界《せかい》でいちばん大《おお》きな木《き》くらいに大《おお》きくなっていたかもしれないなぁとフーさんはぶつぶつぶつぶやきました。

フーさんは、じぶんも粉《こな》を口《くち》にしてみようと袋《ふくろ》をさかさまにしてみました。ところが、最後《さいご》の最後《さいご》で、ちょっとべつのことに頭《あたま》がいってしまいました。

そしてポケットに袋《ふくろ》をつっこんで、腰《こし》をおろして考《かんが》えこみました。そして、だんだん、いじけてしまいました。だって、もしもすごく大《おお》きくなってしまったら、いったいどこに住《す》めるというのでしょう。それから、どこから食《た》べ物《もの》が手《て》にいれられるかな。それに、みんながぼくのことを見《み》にやってくるにちがいないし、どこにもかくれることができなくなってしまう。そんなことってありえないよ。ぼくは、ちょっとしたことで、とんでもなくおろかなことができてしまうんだ。フーさんはこんなふうに考《かんが》えると、ひどくおちこんでしまったのです。

フーさんが、いそいで袋《ふくろ》を暖炉《だんろ》に投《な》げいれると、袋《ふくろ》はすこし光《ひか》りかがやいたかと思《おも》うと、とびはねながら緑色《みどりいろ》に光《ひか》り、そうして、消《き》えてしまいました。フーさんは、じぶんがじぶんでなくならなくてすんだことをとてもうれしく思《おも》いました。

13 フーさんお呼《よ》ばれする

フーさんは、なんだか黒《くろ》くて大《おお》きな物体《ぶったい》がからだのなかへはいってくるのでびっくりおののきました。フーさんは、力《ちから》のかぎり抵抗《ていこう》してみましたが、どうすることもできず、黒《くろ》い物体《ぶったい》はすでにフーさんのからだのなかへほとんどもぐりこみ、頭《あたま》だけが外《そと》がわにのこっているといった状態《じょうたい》です。

「うわあ、た、たすけてくれえ。」フーさんは大声《おおごえ》をあげましたがだれも答《こた》えてくれません。頭《あたま》のなかはまっ白《しろ》で、そのうえ、からっぽ。とうとう頭《あたま》の部分《ぶぶん》もはいりこもうとしています。

フーさんは、自由《じゆう》になろうとあらんかぎりの力《ちから》をこめたところで、はっと目《め》をさましました。太陽《たいよう》のきらきらした光《ひかり》がカーテンのすき間《ま》から部屋《へや》のなかにさしこんでいて、外《そと》からはピーッチチチッとシジュウカラの鳴《な》き声《ごえ》が聞《き》こえてきます。ああ、もう春《はる》がきたんだ。どうして春《はる》だと思《おも》ったのか、それは、わかりません。外《そと》では大《おお》きな雪《ゆき》のかたまりが太陽《たいよう》の光《ひかり》にきらきらとかがやいています。

ちょっとまえまではまだまいにち暗《くら》かったのに、木々《きぎ》は、ちょうど新芽《しんめ》をつけはじめ、もう冬《ふゆ》も終《お》わり、春《はる》がやってきそうな感《かん》じです。いつだったか、おじいさんが六月《ろくがつ》に凍《こお》ったみずうみのうえをそりで走《はし》ったへんな夏《なつ》があったと話《はな》してくれたことがありました。でもこのときフーさんは、おじいさんがただお話《はなし》を大《おお》げさにして言《い》っただけだと思《おも》っていました。だって、六月《ろくがつ》といえば、泥《どろ》んこのみずうみをてのひらでかきながらおよぐ季節《きせつ》ですから。でも、ぼくだけがこういうことをしたことがなかったんだということに気《き》がついたのです。フーさんはおよがないし、じつのところ水《みず》のなかにはいるとフーさんはまるっきり石《いし》のようになってしまいます。

フーさんは目《め》をとじました。でも、もしも、このまま眠《ねむ》ってしまったら、なんだか大《おお》きなものがまたやってきて、食《た》べられてしまうかも……。こんなふうに考《かんが》えるのは、あの巨《きょ》大《だい》なネコのことがあったからです。フーさんは、あの巨大《きょだい》なネコはたしかに暖炉《だんろ》で燃《も》やしてしまったと思《おも》っています。でも、このできごとがあったあと、雪面《せつめん》に大《おお》きなネコの足跡《あしあと》が見《み》つかったのもまぎれもない事実《じじつ》。あれもこれも、同時《どうじ》に考《かんが》えることなんてできないよ。そんなことは、ありえないって考《かんが》えればいいのかな。巨大《きょだい》なネコなんていない。そんなもの、この世《よ》には存在《そんざい》しないんだ。でも、もしも、ぼくがふっと眠《ねむ》ったときにやってきたら……。ぼくはまた考《かんが》えこんでしまうな。

そうだ、なにかほかのことをすればいいんだ。いったいなにをしよう。お日《ひ》さまはかがやいていて、目《め》をとじるのにちょうどいいかも。ぼくはもう、これからさき、ぜったいにクロスカントリースキーなんてやらないぞ。かまくらでも作《つく》ろうかな。でも、きっとつかれちゃうよね……。なにかを読《よ》めばいいのかな。でも、ここにある本《ほん》は、もう読《よ》んだことがあるものばかり。それなら、だれかをたずねてみようか。友《とも》だちにでも会《あ》いにいこうか。

友《とも》だち？　いやいや、ぼくには友《とも》だちなんていなかったよ。

このときフーさんは、小《ちい》さな家《いえ》に住《す》むリンマが言《い》っていたことを思《おも》いだしました。

「お行儀《ぎょうぎ》よくできるなら、お茶《ちゃ》にきてもいいわよ。」

いま、出《で》かけていったらどうだろう。と、フーさんはぶつぶつ言《い》いながらシャツをひっぱりあげて、どうやってリンマを怖《こわ》がらせようかと考《かんが》えました。

13　フーさんお呼ばれする

フーさんは長《なが》い時間《じかん》かけて箱《はこ》のなかをさがしまわり、やっとのことでさがしていたものを見《み》つけだしました。フーさんは、それをティッシュで包《つつ》み、ポケットにつっこんででかける準備《じゅんび》ができました。

外《そと》はあまりにもきらきらとかがやいていて、雪面《せつめん》はまるで千個《せんこ》ものビンを割《わ》ってちらばした、火《ひ》のなかのようでした。フーさんは、なんだか怖《こわ》くてしかたなくて、目《め》をとじて、まわりが見《み》えないまんまでかけていきました。バンッ！　という音《おと》と同時《どうじ》にフーさんは地《じ》面《めん》にころんでしまいました。おでこには、すごいいたみが走《はし》りましたが、フーさんがぶつかったリンゴの木《き》のほうも怒《おこ》っていました。どうしてリンゴの木《き》が怒《おこ》ったのかというと、ちょうど、春《はる》とはいったいなんなのだろうとリンゴの木《き》も考《かんが》えていたところだったからです。

「失礼《しつれい》しました。気《き》がつかなくて。」とフーさんは小声《こごえ》でささやき、うつむきかげんになりながら、森《もり》のなかの日影《ひかげ》のほうへとむかいました。

片《かた》ほうのブーツには、雪《ゆき》がはいってしまったので、フーさんの足《あし》はすっかり凍《こご》えていました。ああ、ベッドのなかにはいってトランプで未来《みらい》についてうらなっていればよかったかも、とフーさんは後悔《こうかい》していました。でも、すでに、フーさんはずいぶんと遠《とお》くまで歩《ある》いてきてしまっていたので、もうもどるわけにもいきませんでした。

リンマのお家《うち》は、雪《ゆき》のなかにじっとうもれるように建《た》っていてあたたかそうに見《み》えました。煙突《えんとつ》からはまっすぐに煙《けむり》があがっています。お庭《にわ》は、きれいに掃《は》かれていて、雪面《せつめん》には小《ちい》さな動物《どうぶつ》たちの足跡《あしあと》がつづいています。大《おお》きなトリがモミの木《き》のてっぺんからフーさんをかすめるようにとんでいき、旋回《せんかい》してそのまま元《もと》の場所《ばしょ》にもどってきました。トリにとって獲物《えもの》は少々《しょうしょう》大《おお》きすぎたようですが、フーさんはぶるぶるとふるえていました。

フーさんは、そうっとドアをノックしてみました。ところがなかからはなんの答《こた》えもなかったので、もういちどノックしてみました。しばらくしてフーさんは、ドアを手前《てまえ》にひっぱってあけるとなかにはいっていきました。からだをあたためよう。そうでもしないと、雪《ゆき》だるまみたいになってしまって春《はる》にならないととけないよ。

となりの部屋《へや》から大《おお》きな音《おと》が聞《き》こえました。

そこにリンマがいるにちがいない。フーさんは、リンマがびっくりするといけないので物音《ものおと》を立《た》てないように近《ちか》づかないと、でも、ちょっと、はずかしいなと思《おも》いました。ぼくはなんて子《こ》どもにやさしくなってしまったのだろう。こんなことばかりしていたら、そのうち仕事《しごと》がなくなってしまう。

フーさんは、一瞬《いっしゅん》からだをこわばらせてからいきおいよくドアをあけました。子《こ》どもたちはいっせいにフーさんを見《み》ました。するとものすごいどなり声《ごえ》が聞《き》こえてきて、子《こ》どもたちは一目散《いちもくさん》にちりぢりに逃《に》げだしてかくれてしまいました！　どなり声《ごえ》が静《しず》まるとフーさんはソファやテーブルのした、洋服《ようふく》ダンスやカーテンのうしろからじぶんのことをじっとうかがっている子《こ》どもたちの視線《しせん》を感《かん》じました。部屋《へや》のなかはしんと静《しず》まりかえっていました。その静《しず》けさといったら、脳《のう》みそが動《うご》いている音《おと》まで聞《き》こえてきそうでした。

フーさんは、得意《とくい》げでいばった態度《たいど》になりました。やつらはぼくのことを怖《こわ》がっているぞ。こんなすごいこと、もう何年《なんねん》も起《お》こってなかったよ。フーさんはとても自信《じしん》にみちあふれていたので、背丈《せたけ》がなんと二十《にじっ》センチメートルものびてしまいました。

そのときです、リンマのきびしい声《こえ》がひびきました。「また、あなたなの。もう、二度《にど》とわたしをおどかさないでって言《い》ったじゃない！　もう、これが最後《さいご》よ。死《し》ぬまで忘《わす》れちゃだめだからね。」こういいながらおどかすようにフーさんに近《ちか》づいてきました。

するとフーさんは大《おお》いそぎでいつもとおなじ大《おお》きさにちぢまりました。

「いや、べ、べつにおどかしたかったわけじゃないんだ。」とフーさんはぼそぼそと言《い》いました。

「あら、そうなの。それ、ぜったいって言《い》える。」リンマは、フーさんが言《い》ったことが本《ほん》心《しん》からなのかどうかを見《み》さだめるようにじっと見《み》つめながらいいました。

フーさんは、ばつが悪《わる》くてまっ赤《か》になりました。ぜったいにそんなことはないんだ！と言《い》いたかったのです。でも、フーさんは他人《たにん》がぜったいに聞《き》こえないような小《ちい》さな声《こえ》でしか答《こた》えられませんでした。「そ、そ、そんなことないよ。プレゼントまで持《も》ってきたんだ。」

と言《い》うと、リンマに、ティッシュに包《つつ》んだものをさしだしました。

リンマはティッシュに包《つつ》まれたかたまりをうけとると、じっと見《み》つめて、長《なが》いことといろいろと調《しら》べていました。すると、ひとり、また、ひとりとかくれていた子《こ》どもたちがでてきました。フーさんはそのなかのひとりの男《おとこ》の子《こ》が、いつだったか、フーさんの納屋《なや》で小《こ》舟《ぶね》を作《つく》っていた子《こ》どもだということに気《き》づきました。ミッコもフーさんのことを思《おも》いだし、怖《こわ》かったことなどすぐに忘《わす》れてしまいました。

「ああ、なんだ、おじさんだったんだ。おじさんのことなんて、怖《こわ》がらなくてもだいじょうぶだよね。ぼく、おじさんのことでっかいオバケかと思《おも》ったんだ。こんにちは。」とミッコは言《い》うとフーさんに手《て》をさしだしました。

フーさんは、また、顔《かお》を赤《あか》らめました。フーさんは、手《て》をしっかりにぎってぶんぶんとふりました。ほんとうは、ちょこっとふれるだけでよかったのに。汗《あせ》がぽたぽたおちてきました。じつはミッコは手《て》をさし出《だ》して何《なに》かをしようとかまえましたが、フーさんのほうがミッコの手《て》をつかんできたのです。ミッコはすこしのあいだフーさんの手《て》をぎゅっとにぎりしめてからはなしました。フーさんはほっとしながらつぎはなにが起《お》こるのだろうとながめていました。リンマが包《つつ》みをあけたのをみて、けんかでもはじまるかなと思《おも》ったのです。

ほかの子《こ》どもたちも近《ちか》くまでよってきました。ほら、もうすぐ包《つつ》みのなかにはいっているものがでてきます。

包《つつ》みのなかにはなにもはいっていませんでした！　たんなる木《き》の切《き》れはしだったのです。子《こ》どもたちはひそひそ声《ごえ》で残念《ざんねん》そうに話《はな》しています。リンマも残念《ざんねん》そうにごくんとつばを飲《の》みこんで、こんどはリンマからフーさんに手《て》をさしだしました。プレゼントをもらったことを感謝《かんしゃ》しなければいけないと思《おも》ったのです。じぶんの目《め》のまえにいる、小《ちい》さくてまっ黒《くろ》い服《ふく》をきた男《おとこ》の人《ひと》は、ものすごくすてきなプレゼントをしたようなつもりでいるようでした。そのプレゼントは、たんなる木《き》の切《き》れはしでしたけど。たぶん、フーさんにとってはたいせつなものだったはず。フーさんも手《て》をさしだし、リンマはフーさんの手《て》をしっかりとにぎりました。フーさんもためしににぎりかえしてみました。

「いったーい。」リンマは大《おお》きな声《こえ》をあげました。いたみはあとからやってきました。

「ああ、ごめんよ。」フーさんはとてもろうばいしながら言《い》いました。

リンマは木《き》の切《き》れはしを床《ゆか》におっことし、すすり泣《な》きをはじめました。そのときです。木《き》の切《き》れはしが床《ゆか》で大《おお》きくなり、かたちを変《か》えはじめました。子《こ》どもたちはちりぢりになりました。いったいなにがでてくる？

すると床《ゆか》から大《おお》きな白《しろ》と黒《くろ》のトリがとびたちました。トリはやわらかな羽音《はおと》をたてて、部屋《へや》のなかをいったりきたりしてから、やがてリンマの肩《かた》にとまって歌《うた》を歌《うた》いはじめました。リンマは泣《な》くのも忘《わす》れて、魔法《まほう》にかかったようにトリの歌《うた》に聞《き》きいっています。フーさんもおどろきました。というのも、この木《き》の切《き》れはしは、赤《あか》ちゃんのかたちをしたお人形《にんぎょう》に変《か》わるはずだったからです。おじいさんの荷物《にもつ》はほんとうになんでもかんでもごちゃまぜでした。これからは、なにがどういうふうに変《か》わるのか、ちゃんとわかっていないといけないから、まずは、ためさなきゃ。それにしても、ヘビにならなくてよかったよ。も

し、ヘビなんかがでてきてしまったら、リンマはぼくの息《いき》の根《ね》をとめたにちがいないからね、とフーさんはほっと息《いき》をつきました。

「ねぇ。これはなんて言《い》うトリなの。」とリンマはフーさんに聞《き》きました。

フーさんはほかの名前《なまえ》を思《おも》いだせなかったので、ただ、「トリだよ。」とだけ言《い》いました。

「鳥《とり》。とり。トリ。」と子《こ》どもたちはくりかえしました。

トリがさえずると子《こ》どもたちも小声《こごえ》で歌《うた》いはじめました。やがて、部屋《へや》じゅうにおだやかな歌声《うたごえ》がみちあふれ、太陽《たいよう》の光《ひかり》もいっぱいにさしこみました。フーさんは、ゆったりとした気分《きぶん》になりました。なんて楽《たの》しいんだろう。クロスカントリースキーをすべるよりは楽《たの》しいよ。それから、釣《つ》りをするよりも楽《たの》しいな。もしかしたら、くらべるようなことではないのかもしれないけどね。

するととつぜん「ねえ。これってずっとトリのままなの。」とリンマが聞《き》きました。

「好《す》きなときにトリになるよ。」と言《い》うとフーさんはトリのくちばしをつきました。するとトリは木《き》の切《き》れはしにもどってしまいました。それからフーさんは、木《き》の切《き》れはしの反対《はんたい》がわをつっついて、床《ゆか》におとしました。するとまた、大《おお》きなトリが空中《くうちゅう》へとびあがってリンマの肩《かた》にとまりました。リンマはトリを自分《じぶん》のあごにあてると、トリは木《き》の切《き》れはしに変《か》わり、リンマはそれをポケットにいれました。

「これって、すごい。ねえ、お名前《なまえ》をおしえて。」とリンマはたずねました。

「ぼくは、フーさん。」ときょう、三《み》たびまっ赤《か》になりながら答《こた》えました。なぜって、フーさんは、このあたりの子《こ》どもたちは、みんな、じぶんの名前《なまえ》を知《し》っているとばかり思《おも》っていたからです。

「あたしは、リンマ。」

「ああ、知《し》っているよ。」と、どぎまぎしながらフーさん。

リンマがフーさんの答《こた》えなどおかまいなしにポケットから木《き》の切《き》れはしをとりだして、ちょっとたたいて床《ゆか》におとすと、部屋《へや》いっぱいに白《しろ》と黒《くろ》の羽《はね》をバタバタさせるものがとびだしてきて、フルートの低音《ていおん》のような音《おと》が部屋《へや》いっぱいに広《ひろ》がりました。

するとリンマは「ねえ。なにかほしいものはあるの。」とフーさんにたずねました。「わたしね、すっごくおいしいブルーベリージュースがあるの。」

フーさんは、飲《の》み物《もの》がほしいと言《い》いました。

「すこしだけどケーキもあるのよ。」と言《い》うと、ぶかっこうなケーキのかけらをフーさんの口《くち》におしこみました。「これ、わたしが焼《や》いたのよ。」

13　フーさんお呼ばれする

フーさんは、目《め》の玉《たま》がとびだすほどびっくりしました。だってそれは、ケーキになるまえの、練《ね》った粉《こな》のままの、それはそれは、ひどい味《あじ》だったのです。フーさんは、なんとか飲《の》みこもうとジュースを一杯《いっぱい》まるまる口《くち》にながしこみました。ところが、こんどはジュースがへんなところにはいってしまって、おもいきり咳《せ》きこんでしまいました。フーさんは、ほんとうに死《し》んでしまうと思《おも》ったくらいです。この状況《じょうきょう》、あの巨大《きょだい》なネコのときよりもひどいかも、でも、なんで怖《こわ》いと思《おも》ったのか、理由《りゆう》はわからないままフーさんはまだむせています。

やっとのことでおちついて、呼吸《こきゅう》ができるようになると、子《こ》どもたちは「どろぼうと警《けい》官《かん》」ごっこをはじめました。もちろん、警官《けいかん》はフーさんです。子《こ》どもたちはフーさんに松《まつ》ぼっくりや卵《たまご》、ジュースまで投《な》げつけました。それから目《め》かくしごっこもしました。もちろん、目《め》かくしをされたのはフーさんです。フーさんはおしたおされたうえ冷《つめ》たい水《みず》までかけられました。お店屋《みせや》さんごっこでは、フーさんは持《も》っていた金貨《きんか》をぜんぶまきあげられてしまいました。もちろん、いっしょに遊《あそ》んだ子《こ》どもたちは、うらやましいとか、すごいとか、金貨《きんか》に心《こころ》をうばわれることはなく、フーさんもべつになんとも思《おも》いませんでした。もちろん、翌日《よくじつ》、リンマのおばあさんは、金貨《きんか》を見《み》るなり目《め》がまわって卒倒《そっとう》しそうになりましたけどね。最後《さいご》の遊《あそ》びはクッション戦争《せんそう》で、みんなはフーさんのことをたたきまくり、フーさんは足《あし》をおってしまいました。フーさんはこれまでの人生《じんせい》のなかで、こんなにたたかれたことはありません。とどめにミッコがフーさんの肋骨《ろっこつ》をたたいて「フーさんは、ぼくらみんなの友《とも》だちだよ。わかっていると思《おも》うけど、これは、その仲間《なかま》だということの証《あかし》さ。」と言《い》いました。

フーさんの口《くち》のなかには、リンマのケーキが、飲《の》みこむこともできず、かといって、はきだしてしまうのは失礼《しつれい》になるからとどうすることもできずにいっぱいのままになっていたので、一言《ひとこと》も言葉《ことば》を出《だ》せずにいました。フーさんは、ベッドのはしに腰《こし》をかけ、いっしょうけんめい、まるでイヌみたいに鼻息《はないき》をあらくしていました。トリが部屋《へや》のなかで旋回《せんかい》しながらさえずっています。子《こ》どもたちは、こんどは新聞紙《しんぶんし》を細《ほそ》く切《き》ったものをフーさんにぱらぱらとかけ、足《あし》を机《つくえ》の脚《あし》にしばりつけました。子《こ》どもたちのわーわー、きゃーきゃー言《い》う声《こえ》といったら、真夏《まなつ》にひらかれるダンスパーティよりもにぎやかなものでした。フーさんはまるでなにも起《お》こってはいないかのようにふるまっていました。やがて、リンマはフーさんのそばにやってくると、フーさんの息《いき》がとまりそうになるくらいぎゅっとだきしめました。

「フーさんっていい人《ひと》ね。」とリンマは言《い》いました。

フーさんはまるでいちごジャムみたいにまっ赤《か》になりました。赤面《せきめん》するのもこれで四回《よんかい》めです。子《こ》どもたちは、フーさんのまわりにあつまりフーさんのことをじっと見《み》つめました。

「ねぇ、ねぇ。この人《ひと》、こんなに赤《あか》いからもうすぐ死《し》んじゃうの。」といちばん小《ちい》さい子《こ》がききました。

「赤《あか》くなったからって死《し》ぬことなんかないわ。」とリンマは答《こた》えました。

フーさんは、ぴくりとも動《うご》かずにじっと息《いき》を殺《ころ》してベッドのはしに腰《こし》かけていました。なので、フーさんのようすからはいったいなにを考《かんが》えているのかはまったくわかりませんでした。やがて、フーさんは、すくっと立《た》ちあがると、頭《あたま》をさげてお礼《れい》の気持《きも》ちをあらわし、ドアのほうへとむかいました。

テーブルの脚《あし》にくくりつけた紐《ひも》がフーさんをぎゅっとひきもどしましたが、それにも気《き》がつかず、ゆったりとものものしくドアをあけようと近《ちか》づいていきました。子《こ》どもたちは、そのようすをうしろでくすくす笑《わら》いながら見《み》ていました……。

夜《よる》になって、お月《つき》さまがフーさんの住《す》む家《いえ》のまうえあたりでこうこうとかがやいていました。フーさんはレンジのところへいって、紅茶《こうちゃ》をいれました。フーさんは、じぶんがどうしてころんだのかを思《おも》いだし、きゅうに鏡《かがみ》にむかってほほえみました。鏡《かがみ》にうつるフーさんの口元《くちもと》も、そろり、そろりとゆっくりとほほえみに変《か》わりました。なぜって、鏡《かがみ》は、いままでフーさんがほほえむなんていうふしぎな姿《すがた》を見《み》たことがなかったからです。フーさんはいたみというものをなにも知《し》りませんでした。フーさんは思《おも》いだし笑《わら》いをしながら、その日《ひ》に起《お》こったさまざまなできごとを思《おも》いかえして、部屋《へや》のなかをいったりきたりしました。

14　フーさん人生《じんせい》を考《かんが》える

フーさんは、レンジの火《ひ》をがんがん焚《た》きました。そして、どうやってまっ赤《か》な炎《ほのお》が広《ひろ》がっていくのかをじっと見《み》つめていました。鉄製《てつせい》のレンジには燃《も》えている薪《まき》の熱《ねつ》がつたわり、水《みず》のはいった鍋《なべ》はシューシューと蒸気《じょうき》をあげています。夜《よる》は静《しず》けさにつつまれています。どこか、遠《とお》くのほうから犬《いぬ》のほえる声《こえ》がながれるように聞《き》こえてきました。それもやがて小《ちい》さくなっていきました。どこにもでかけたくないよ。なんにも特別《とくべつ》なこともしたくないし。フーさんは、ただそこにいてじっと考《かんが》えごとをはじめました。

ああ、また一年《いちねん》が終《お》わってしまうなとフーさんは思《おも》いました。いろいろなことが起《お》こったな。でも、子《こ》どもたちを怖《こわ》がらせにでかけたくないよ。どうしてこんなにいっぱい仕事《しごと》をしないといけないのだろう。収入《しゅうにゅう》なんてすくなくてもやっていけるのに。ぼくがなんに

もしないからって、だれもなんにも言《い》わないさ。だって、じぶんのことなんだもの。

外《そと》はすみきった夜《よる》で、星《ほし》が夜空《よぞら》にきらきらとかがやいています。星《ほし》や星座《せいざ》には、いろいろな名前《なまえ》がついているということをフーさんは知《し》っています。おうし座《ざ》、ふたご座《ざ》、おおいぬ座《ざ》、うしかい座《ざ》、ぎょしゃ座《ざ》、くじら座《ざ》、こぐま座《ざ》、へびつかい座《ざ》、ちょうこくぐ座《ざ》、かじき座《ざ》、そして、ろ座《ざ》。それに、星《ほし》のなかには太陽《たいよう》より一万倍《いちまんばい》も大《おお》きいものもあれば、いま、ぼくらのまうえで光《ひか》っているように見《み》えても、ほんとうのところは、爆発《ばくはつ》してしまっていて、もう光《ひか》っていないものだってあるのです。そういう星《ほし》は、ただ、遠《とお》い遠《とお》いところにあって、光《ひかり》がここまでとどいていないだけなのです。いつの日《ひ》か、フーさんもこの世《よ》からいなくなって、いまみえている光《ひかり》がとどかなくなったときに、その星《ほし》はかたちがなくなってしまってから、ずいぶんと長《なが》いことたっていることに気《き》づくんだ。星《ほし》のなかには、光《ひかり》の強《つよ》さが変《か》わって、大《おお》きなラジオ局《きょく》みたいに番組《ばんぐみ》をながすものもあるんだ。つまり大空《おおぞら》にラジオ局《きょく》が浮《う》かんでいるようなものだね。それに宇宙《うちゅう》は、遠《とお》く遠《とお》く、はてしなく広《ひろ》がっているんだ。おじいさんが最後《さいご》にいっていたけど、宇宙《うちゅう》はとてつもなく大《おお》きくて、おたがいが近《ちか》くにあるものなんだって。でもたぶん、そのことに気《き》がつくことはないって言《い》うんだよ。フーさんは、おじいさんがなにを言《い》いたかったのかを思《おも》いだそうとしました。舟《ふね》を

一艘用意《いっそうようい》して、紅茶《こうちゃ》やラスクをたっぷり持《も》って大宇宙《だいうちゅう》へでかけたらどれだけおもしろいだろうな。宇宙《うちゅう》では、いちどふきはじめたらとまることのない永遠《えいえん》の風《かぜ》がふいていて、舟《ふね》もこぎだしたらとまることがないんだ。いまでもおじいさんやお父《とう》さん、お母《かあ》さんは大空《おおぞら》を舟《ふね》でわたっているのかもしれないな。きっと、みんなおなじ舟《ふね》にのっていて、寒《さむ》くないようにって舟底《ふなぞこ》で火《ひ》をたいているにちがいない。それに舟《ふね》にはおじいさんの古《ふる》い本《ほん》がつんであるだろう。大空《おおぞら》にはほかにもたくさん舟《ふね》がこぎだしていて、一艘《いっそう》だけでさびしくなることはないよね。そうだよ、きっとそうにちがいないぞ、とフーさんは思《おも》いました。

フーさんは、おじいさんのおひげと、タバコのにおいがしみついた茶色《ちゃいろ》のジャケットのことを思《おも》いだして、じぶんがひどく孤独《こどく》だなと思《おも》いました。外《そと》では風《かぜ》が、かわききった松《まつ》の木《き》をぼわっとまるで持《も》ちあげるようにふきあげています。野良犬《のらいぬ》が裏庭《うらにわ》で穴《あな》をほっています。

風《かぜ》は、ますます強《つよ》くなっています。帆《ほ》を広《ひろ》げて煙突《えんとつ》にとりつければぼくの家《いえ》もすこしずつとびあがって、追《お》い風《かぜ》にのってよその国《くに》へいけるかな。いきさきをたずねて、じぶんで舵《かじ》とりもしなければいけないな。リンマにいっしょにいこうよとさそおうかな。それから、いつだったか納屋《なや》にいたミッコもさそおう。ふたりとも、夜《よる》、舟《ふね》ででかけるのはきっと好《す》きだよね。深《ふか》い水《みず》たまりも、きらきらかがやく泉《いずみ》もないけれど、お月《つき》さまはじきに満月《まんげつ》になる。そうしたら、錨《いかり》をあげて出発《しゅっぱつ》しよう。

フーさんは起《お》きあがって、紅茶《こうちゃ》を一杯《いっぱい》いれ、目《め》をとじて、楽《たの》しみながら紅茶《こうちゃ》を飲《の》みました。ぼくらのほうに惑星《わくせい》が近《ちか》づいてきて、そこに舟《ふね》を停泊《ていはく》させるんだ。彗星《すいせい》も近《ちか》くまでやってきて、あかりになってくれるだろう。太陽《たいよう》が、ぼくたちの地球《ちきゅう》をあたためるように、その惑星《わくせい》もあたためてくれるだろう。その星《ほし》では、すみれが太陽《たいよう》にむかって、スタジアムのタワーみたいに百《ひゃく》メートルももりあがって、蝶々《ちょうちょう》は、石《いし》でできた家《いえ》くらいに大《おお》きいんだ。だから、フーさんたちは、とても小《ちい》さくて、だれも気《き》がつかないんだ。だから、とてもおだやかにすごすことができるんだ。そこでは、いきたい場所《ばしょ》を頭《あたま》のなかに思《おも》い浮《う》かべると、すぐにその場所《ばしょ》に到着《とうちゃく》できるんだよ。それから、たとえば、「塩《しお》」って言《い》うと、砂糖《さとう》がひとかけらでてくるし、およぎたいなと思《おも》って飛《と》びこむように飛《と》ぶと、ほんとうに飛《と》ぶことができるんだ。そこでは、眠《ねむ》るということは、目《め》がさめているということだしね。この星《ほし》では、だれも悪《わる》いことができないんだよ。どうしてって、悪《わる》いことは片《かた》っぱしからよいことに変《か》わってしまうからね。でも、ここでは、だれも良《よ》いことはしないんだ。だって、そうしたら、悪《わる》いことになってしまうかもしれないし、そんなのはいやだからね。だれかがそんなことを考《かんが》えついて実行《じっこう》するまでは、こんなことは、なかったんだけど。

フーさんは、眉間《みけん》にしわをよせて考《かんが》えてみました。なんだか危険《きけん》な感《かん》じがするぞ。なにも考《かんが》えないのがいちばんよいのかも。悪《わる》いことなんてだれかが考《かんが》えつくまでは、なかったはずなんだから。だれかがそれをはじめてから、ずっとずっとつづいているんだ。そうして、みんながみんな、人《ひと》の持《も》っているものをほしがるようになってしまうんだ。ほしいものが手《て》にはいって、みんながおなじものを手《て》にすると、うれしくともなんともなくなって、また競《きそ》い合《あ》いがはじまって、それはもっともっとひどくなるんだ。ぼく、フーさんだけはそういうことにまきこまれないけどね、と、フーさんは思《おも》いました。ぼくにはここにあるものだけでじゅうぶんさ。

床《ゆか》がぎしぎしと鳴《な》りはじめ、外《そと》ではトリたちが元気《げんき》に鳴《な》きはじめています。じきに朝《あさ》がやってきます。そろそろ眠《ねむ》る時間《じかん》だな。それからまた夜《よる》になり、それから、あたらしい一日《いちにち》がやってきて、またまた、あらたな夜《よる》がくる。これがえんえんとくりかえされていくわけだ。二度《にど》とふたたび目《め》ざめることなく、永久《とわ》の眠《ねむ》りにつくまでは。それでも、まるっきりいなくなってしまうわけではなく、どこかにほかのフーさんはいるはずさ。ちょっと見《み》かけはちがうかもしれないけれど。そんなほかのフーさんをとおして、ぼくも生《い》きつづけられるというわけだ。そして、また、たくさんのあたらしい一日《いちにち》と夜《よる》がきて、フーさんが生《い》きつづけるための日々《ひび》はつづくのさ。

フーさんは頬《ほお》づえをついて火《ひ》を見《み》つめながら考《かん》えごとをしていました。火《ひ》は、やわらかく燃《も》え、炭《すみ》のなかのほうはまだまっ赤《か》でしたが、外《そと》がわはだんだんとまっ黒《くろ》になってきています。ああ、なんだかくたびれた。窓《まど》のそばでは、茶色《ちゃいろ》くて太《ふと》いウールの糸《いと》のようなコケモモの枝《えだ》が、きれいな水《みず》のなかに根《ね》をだしています。太陽《たいよう》が深《ふか》くへ沈《しず》んでしまうと上空《じょうくう》では宇宙《うちゅう》がうなっているようで、地球《ちきゅう》は小さな孤独《こどく》の青《あお》い星《ほし》でしかないように感《かん》じるね。陽《ひ》がのぼったらちゃんとした舟《ふね》を、ちゃんとしたみずうみに浮《う》かべてでかけてみよう。わざわざ家《いえ》を飛《と》ばして大空《おおぞら》にいくことなんかないよね、とフーさんは思《おも》いました。たぶん、それでいいよね。

空《そら》の高《たか》いところでは、夏《なつ》、雨《あめ》が降《ふ》るまえにやってくる雷《かみなり》のように、蒸気船《じょうきせん》がごろごろっ、ごろごろっと鳴《な》っています。それから、フーさんは、頭《あたま》をしゃんとして、ぐるぐるとまわすと、ていねいに歯《は》をみがきました。

15 フーさんお花《はな》を育《そだ》てる

　ある日《ひ》のこと、フーさんは、木《き》の枝《えだ》にとまって呪文《じゅもん》をかけているのとはちがうトリのさえずりを耳《みみ》にしました。小《ちい》さくて灰色《はいいろ》のスズメ、黄色《きいろ》のシジュウカラ、ムクドリが土《つち》のうえをよちよちと歩《ある》いています。地面《じめん》からは蒸気《じょうき》があがっていて、木々《きぎ》にはそろそろ葉《は》っぱがつきはじめています。ツタの葉《は》っぱもすこしではじめ、扉《とびら》の外《そと》の軒下《のきした》には、トリの巣《す》がすくなくともふたつできています。裏庭《うらにわ》のほうからはキジのキー、キィッと鳴《な》くものすごい声《こえ》がときおり聞《き》こえてきます。みずみずしくて、はっきりとした香《かお》りもただよってきます。フーさんはちょっとじぶんもなにかをはじめなきゃいけないなと思《おも》いました。フーさんはおじいさんの箱《はこ》のなかから種《たね》がはいった袋《ふくろ》をひとつさがしだし、外《そと》から土《つち》をとってきて、植木鉢《うえきばち》にいれると、窓《まど》のそばにおいて種《たね》をまいて水《みず》をかけました。何日《なんにち》かするとひと

つめの芽《め》が、やがてつぎつぎに芽《め》がでてきて、窓《まど》のそばでぐんぐん大《おお》きくなっていきました。フーさんは、この植物《しょくぶつ》を育《そだ》てているのはじぶんだぞ、ととくいげでした。

やがて雨《あめ》がふりはじめました。雨《あめ》はまるで灰色《はいいろ》のベールのようで、すべてのものをおおってしまいます。雨《あめ》はくる日《ひ》もくる日《ひ》もふりつづけ、とうとう水《みず》が多《おお》すぎて、木製《もくせい》の扉《とびら》はすっかり膨張《ぼうちょう》してしまい、窓《まど》はよじれ、きちんとしまらなくなってしまいました。オーブンはまともにあかなくなってしまい、天井《てんじょう》からは雨漏《あまも》りがするようになりました。フーさんははしごと釘《くぎ》とタールをぬったダンボールと金《かな》づちを持《も》って、屋根《やね》を修理《しゅうり》するためによじのぼりました。フーさんは力《ちから》のつづくかぎりくぎを打《う》ちつづけました。部屋《へや》じゅうに「イタイ、あイタッ。」という声《こえ》がこだまして、やがてはおそろしいののしりの言葉《ことば》までがひびきわたりました。人《ひと》のことをののしったり、悪口《わるぐち》をいうことはけっしてないフーさんですから、なんだかたいへんなことが起《お》こってしまったのです。もちろん、金《かな》づちでじぶんの親指《おやゆび》を打《う》ったときはべつですけど。ぼろぼろになったかわいそうなフーさんの親指《おやゆび》は、がんじょうなギプスにはめられることになりました。もう仕事《しごと》のことなんて考《かんが》えられなくなってしまいました。なぜって、手《て》をすこしでも動《うご》かそうものならまるで火傷《やけど》したときのようにいたみが走《はし》ったからです。フーさんはバケツを雨漏《あまも》りのするところにおいて、ポタッ、ポタッと、水《みず》がきまったリズムでおちる音《おと》に耳《みみ》をすませました。

この音《おと》は時計《とけい》なんかよりもいいなとフーさんは思《おも》いました。音《おと》を数《かぞ》えるだけでどれだけ時間《じかん》がたったかを知《し》ることができるじゃないか。というわけで、フーさんは、雨音《あまおと》を数《かぞ》えはじめました。

一二三八滴《てき》まで数《かぞ》えたところでフーさんはとうとう数《かず》がわからなくなってしまいました。それに、ただ、一二三八まで数《かぞ》えたというだけで、いったいどのくらい時間《じかん》がたったのかもわかりませんでした。フーさんが外《そと》へ目《め》をやるともう暗《くら》くなってきていました。春《はる》になると暗《くら》くなるのがもっと遅《おそ》くなるんだ。夜《よる》になるまでは、まだしばらくあるぞとフーさんは思《おも》いました。それがわかっただけでじゅうぶんだなと思《おも》うと、むきを変《か》えてふぁーっとあくびをしました。

ところがなにかがひっかかります。あれ、なにが見《み》えたのだろうとフーさんは考《かんが》えこみました。いつもの窓《まど》とはちがうものを見《み》たような気《き》がする。フーさんが目《め》にしたのは、とかげのような緑色《みどりいろ》の窓《まど》だったのです。フーさんは、おそるおそる頭《あたま》のむきを変《か》えました。見《み》まちがいではありませんでした。窓《まど》と壁《かべ》のはんぶんは緑色《みどりいろ》のものでうめつくされていました。その緑色《みどりいろ》のものには、小《ちい》さくて赤《あか》い、まるで小《ちい》さな手《て》のようなこぶがぶらさがっていました。この手《て》ときたらとてもはたらきもので、掃除《そうじ》をしたり、かわいた葉《は》っぱをずっとふいていたり、土《つち》をならしたりしていました。すると、手《て》のひとつが考《かんが》えるよりも早《はや》くぶるんっと手《て》をふって、ハエを一匹《いっぴき》とらえると、まるで口《くち》のようにあいた大《おお》きな赤《あか》いもののなかにパクンといれてしまいました。そうです、まさに口《くち》だったのです。フーさんは、目《め》をごしごしとこすりましたが、植物《しょくぶつ》は消《き》えていませんでした。たくさんの手《て》も消《き》えていませんでした。ふつう、生《い》きものについているものでいちばん数《かず》がすくないのが頭《あたま》ですが、まったくその反対《はんたい》です。頭《あたま》はフーさんがじぶんのことを見《み》ていることに気《き》がつくと、うなずきました。

フーさんはしっかりと、どっしりと、ずっしりと腰《こし》をかけました。フーさんは、ぴくりとも動《うご》かず、それにかんたんには動《どう》じません。いったいどこの世界《せかい》から、こんなひどい植《しょく》物《ぶつ》が、よりによってぼくの家《いえ》の窓《まど》にあらわれたんだろう。植木鉢《うえきばち》も、窓《まど》もそこらじゅうにあるっていうのに。そこに植物《しょくぶつ》が生《は》えてそのまま育《そだ》っています。植物《しょくぶつ》はまたうなずくと、口《くち》をあけ、とてもかん高《だか》くて弱々《よわよわ》しい声《こえ》でいいました。

「お腹《なか》がすいた。」

フーさんは、ひゃぁ、これはたいへんとびっくりしながら植物《しょくぶつ》をじっと見《み》つめました。

15　フーさんお花を育てる

「お腹《なか》がぺこぺこ。」と植物《しょくぶつ》は言《い》うと、手《て》をひらひらさせてからぎゅっとにぎりしめました。「ここにはハエがいなさすぎるわ。それから、あなたったら、思《おも》いだしたようにしか水《みず》をくれないのよね。わたしはそういうのきらいなの。ああ、喉《のど》がかわいた。」

フーさんはだまったまま植物《しょくぶつ》にひしゃくで水《みず》をさしだしました。植物《しょくぶつ》は手《て》でひしゃくをうけとると口《くち》にながしこみごくごくっとのみほしました。そしてくちびるを舌《した》なめずりするともっとほしいようすでフーさんを見《み》つめました。

「ねえ、お腹《なか》がすいてるの。なにか食《た》べるものを持《も》ってきて。」

「なにを食《た》べるの。」とフーさんはこわごわ聞《き》きました。

「あなたは、なにを食《た》べるのかしら……。もちろんお肉《にく》は食《た》べるんでしょ。でもわたしには、いいお肉《にく》だけね。へんなお肉《にく》は食《た》べないの。いちばんいいのは、ほとんど生《なま》の子牛《こうし》の肉《にく》ね。でも、ウインナーでもいいわよ。マッシュドポテトはなしでおねがいね。そのかわり、ケチャップとマスタードはたっぷりにしてね。」

フーさんはほとんど機械的《きかいてき》に、まるで電車《でんしゃ》のようにまっすぐに棚《たな》へいき、ウインナーのはいっている包《つつ》みをいくつか持《も》ってきました。植物《しょくぶつ》は包《つつ》みをうけとると広《ひろ》げて、まばたきくらいの早《はや》さであっという間《ま》にのみこんでしまったので、フーさんのぶんはけっきょくひとつものこりませんでした。でもフーさんは、じぶんのごはんのことはなにも考《かんが》えていませんでした。フーさんは、ひたすらひたすら考《かんが》えに考《かんが》えぬきました。

そして、やっと勇気《ゆうき》をだしてたずねました。

「あの、ところで、あなたはどうやってここにやってきたの？」

植物《しょくぶつ》はびっくりしたようすでフーさんのことをじっと見《み》つめました。

「あなたがわたしを植《う》えて、とてもたいせつに育《そだ》ててくれたのよ。さいしょのうちはね。いまはとてもなまけものになっているけど！　わたしがまだ小《ちい》さいころは、それはそれはとてもよくめんどうをみてくれたのよ。だから、あなたが眠《ねむ》っているあいだに食《た》べちゃうなんてことはしないってお約束《やくそく》するわ。」と植物《しょくぶつ》は言《い》うと親《した》しげなようすを見《み》せました。

「どんなにわたしのお腹《なか》がぺこぺこで、あなたのことを食《た》べたいなと思《おも》っても、そんなことはしないって約束《やくそく》するから。」

マッチでちょんとおすだけでたおすことでもできそうなくらい、フーさんはぶるぶるふるえています。

また、おじいさんのものだったよ。もうぜったいにおじいさんのものには手《て》をつけないぞとフーさんは心《こころ》にちかいました。とにかくまず、およぐことでも身《み》につけようか。それにしても、いったいどうすれば植物《しょくぶつ》と縁《えん》を切《き》ることができるだろう。この植物《しょくぶつ》、ひたすら大《おお》きくなっていくと、もっともっとご飯《はん》がいるようになる。そのうち、家《いえ》じゅういっぱいになってしまうよね。そうしたら、ぼくの居場所《いばしょ》はあるんだろうか。それに、植物《しょくぶつ》が夜中《よなか》にすごくお腹《なか》をすかせたら、なにも考《かんが》えずにぼくのことをひとのみにするはず。そんなことになったら、ぼくはいったいどうすればいいんだろう。植物《しょくぶつ》の相手《あいて》なんてするわけにはいかないよ。

「喉《のど》がかわいたわ。」と植物《しょくぶつ》が言《い》いました。

フーさんはバケツをさしだしました。すると植物《しょくぶつ》はがぶりがぶりと音《おと》をたてて飲《の》みほしました。

「なにか食《た》べるものがほしいわ。ものすごくお腹《なか》がすいているの。」と植物《しょくぶつ》は言《い》いました。

植物《しょくぶつ》が手《て》をさしだすと、その目《め》はめらめらと燃《も》えているようでした。手《て》はもう天井《てんじょう》にそって伸《の》び、あちこちへ枝《えだ》を伸《の》ばしていました。部屋《へや》いっぱいになるまでにあとなん日《にち》もからないでしょう。そのあとは、たぶん庭《にわ》のほうへ伸《の》びていき、まずは、ベランダにとまっている小鳥《ことり》のヒナを一羽《いちわ》のこらず食《た》べ、そのあとにのこりのトリたちのことも食《た》べてしまうにちがいありません。だんだんとまわりには生《い》きものがいなくなっていくんだと思《おも》うと、フーさんはしだいに怖《こわ》くなってきました。植物《しょくぶつ》はもっともっと食《た》べるようになってきて、もっともっと大《おお》きくなってきて、お腹《なか》のすきぐあいももっともっとひどくなってくるでしょう。植物《しょくぶつ》はそのうち、そろり、そろりと町《まち》のほうへ移動《いどう》して、人《ひと》が気《き》づかないうちに窓《まど》があいているところから、部屋《へや》のなかにそうっと手《て》を伸《の》ばして、人《ひと》をぐっとつかみだして、食《た》べてしまうにちがいありません。こんなことが起《お》こらないように、なんとかしなきゃいけないぞとフーさんは考《かんが》えました。するとフーさんは、扉《とびら》をうしろ手《で》にバタンとしめて家《いえ》からものすごいいきおいでぬけだしました。植物《しょくぶつ》はなにかさけんでいましたが、フーさんは聞《き》きたくもありませんでした。

物置小屋《ものおきごや》でフーさんは斧《おの》とペンチをさがしだし、かなづちと釘《くぎ》もとりだしました。親指《おやゆび》はまだいたかったのですが、気《き》にもとめませんでした。まず、植物《しょくぶつ》の呪縛《じゅばく》からなんとかしてのがれなければ。それがいちばん。じぶんのいたみなんてあとからどうにでもなるさ。

フーさんは窓《まど》のそばにそうっと近《ちか》づいて、ゆっくりとなかをのぞきこみました。ちょうどそのとき、植物《しょくぶつ》は食《た》べもののはいっている棚《たな》に手《て》を伸《の》ばし、缶詰《かんづめ》をとりだしているところでした。フーさんが、いきおいよく部屋《へや》のなかにはいると、植物《しょくぶつ》は言《い》いわけをするような顔《かお》つきでフーさんのことを見《み》ました。植物《しょくぶつ》は缶詰《かんづめ》を棚《たな》にもどすと言《い》いわけをはじめました。

「どうすることもできなかったの。だって、わたしとってもお腹《なか》がすいているんですもの。」

すると植物《しょくぶつ》はまた缶詰《かんづめ》をつかんであけると、中身《なかみ》を口《くち》にほうりこみ、むしゃむしゃと食《た》べてしまいました。それからまたあたらしい缶詰《かんづめ》を手《て》にとり、あけて、食《た》べました。それから、またべつのあたらしい缶詰《かんづめ》を食《た》べました。もう、植物《しょくぶつ》は、フーさんがじぶんのことを見《み》ていることも気《き》にせず、じぶんの気持《きも》ちをおさえられなくなっていました。植物《しょくぶつ》はもうすぐ棚《たな》のなかにある食《た》べ物《もの》をぜんぶ食《た》べてしまうぞとフーさんは思《おも》いました。

フーさんは植物《しょくぶつ》にむかってぶんぶんと斧《おの》をふりまわしました。ところが植物《しょくぶつ》はいともかんたんにフーさんから斧《おの》をとりあげ、たしなめるように言《い》いました。

「あなたは、わたしのお友《とも》だちだと思《おも》っていたんだけど。もう、こんなことはしないでね。」

フーさんは怒《おこ》りました。もう、限界《げんかい》だよ。フーさんは、ペンチを植物《しょくぶつ》にむかって思《おも》いっきり投《な》げつけましたが、ペンチは、植物《しょくぶつ》のそばまでいくとフーさんのところへもどってきてしまいました。

これじゃまるでゴムじゃないか、とフーさんは絶望的《ぜつぼうてき》になりました。ぼくはどうすることもできないよ。

植物《しょくぶつ》はずるがしこそうにほほえみました。そして手《て》を一本《いっぽん》フーさんのほうへ伸《の》ばすと鼻《はな》をさして命《めい》じました。

「ご、は、ん。もう、なにをしても無駄《むだ》よ。それとも……。」と植物《しょくぶつ》は、威嚇《いかく》するように手《て》をふりまわしました。

「はいはい、わかりましたよ。」とフーさんは口《くち》ごもりながら言《い》いました。

「呪文《じゅもん》なんてかけないの！　わかったわね！　とにかく、お肉《にく》をすぐに持《も》ってきてちょうだい！」

「はいはい、おおせのとおりに。」とフーさんは言《い》い、植物《しょくぶつ》がフーさんから手《て》をはなすと、最後《さいご》の力《ちから》をふりしぼって扉《とびら》のほうへ逃《に》げだしました。植物《しょくぶつ》はフーさんをつかまえようとしましたが、つかんだのは上着《うわぎ》の袖《そで》だけでした。フーさんの上着《うわぎ》はとても古《ふる》びていたので、袖《そで》だけが植物《しょくぶつ》の手《て》にのこりました。フーさんはなんとか外《そと》にでると扉《とびら》をバタンとしめました。そしてお庭《にわ》へでると、ふうっとため息《いき》をつきました。これは、いままでいちばんひどいぞ。このままでは、一生植物《いっしょうしょくぶつ》の奴隷《どれい》になってしまう。

フーさんはうさぎがかごのなかでぴょんぴょんとはねるように、考《かんが》えがぽんぽんとはねるばかりでひとつもまとまらずにあせっていました。だれかぼくのことを助《たす》けてくれないかな。ビーバーはおでかけ中《ちゅう》。子《こ》どもたちは、まだ小《ちい》さすぎて植物《しょくぶつ》に食《た》べられてしまうおそれがあるのでぜったいに助《たす》けてほしいなんておねがいできないし。おとなたちはどんなことがあってもぼくのそばにはやってこない。こんなでは、もう二度《にど》とおちついて家《いえ》で紅《こう》茶《ちゃ》を飲《の》むこともできやしないよと、フーさんは涙《なみだ》にくれました。大《おお》きな大《おお》きな涙《なみだ》の粒《つぶ》がフーさんの頰《ほお》をつたいました。

「なにを泣《な》いているの。」とミッコがたずねました。ミッコは音《おと》を立《た》てないようにリンゴの木《き》の枝《えだ》をくぐってやってきたのです。ほんとうはフーさんをおどかそうとしていたのです。でも、フーさんがとても悲《かな》しそうだったのでおどかすことができなかったのです。

「ねえ。ぼくがなんとか助《たす》けてあげることはできないのかな。」

フーさんは泣《な》きながら首《くび》を横《よこ》にふりました。それからじぶんの威厳《いげん》をひとつひとつかきあつめました。ぼくが泣《な》いている姿《すがた》を見《み》たら、この子《こ》は二度《にど》とぼくのことを怖《こわ》がらなくなってしまう。フーさんはぐっと涙《なみだ》をのみこむと「なにも心配《しんぱい》することなんてないのさ。」と言《い》いました。

するとミッコは、「だれもさ、わけもなく、泣《な》くことなんてないんだよ。」といいました。

「ぼくが泣《な》いたって。泣《な》いてなんていないさ。ぼく笑《わら》ってたんだよ。」

「あれ、ぼくはてっきり……。」とミッコは言《い》いかけてやめました。なぜって、フーさんは泣《な》いているところを見《み》られたのがはずかしくってそんなふうに言《い》っているってことがわかったから。

「うん、うん、わかるよ。雨《あめ》がふったんだよね。」

「そう、そう。そういうこと。」とフーさんはうれしそうに言《い》いました。「つまりは、そういうことなんだよ。」

「でもさ、雨《あめ》って雲《くも》がそのままふってくるわけじゃないじゃない?」と、ミッコはなにかを言《い》わんとしています。

「いや、そのまま雲《くも》がふるのさ。肉《にく》を食《た》べる植物《しょくぶつ》が、肉《にく》のことでおどかすみたいにね。」

「え、お肉《にく》を食《た》べる植物《しょくぶつ》?」

「そう。なかにいるんだ。」と言《い》いながらフーさんは家《いえ》のなかを指《ゆび》さしました。「あれね、目《め》についた肉《にく》という肉《にく》をぜんぶ食《た》べちゃうんだ。そして、どんどん大《おお》きくなってる。あれは、もうどうすることもできないんだよ。まるでゴムみたいなやつでね。ちょっと、ぼくためしてみたんだけどさ。さてと、お肉《にく》を持《も》っていってやらないと。そうしないと、ぼくが食《た》べられちゃうんだ。」

ミッコは、声《こえ》もたてずじっと聞《き》いていて、これがフーさんがかかえている問題《もんだい》なんだということをたちどころに理解《りかい》しました。

「どうして、ほかのところに持《も》っていかないの。」とミッコが聞《き》きました。

「だってここしか場所《ばしょ》がないからだよ。しかも、ぼくがどこかにいくとするでしょう。するとやつはトリもぜんぶ食《た》べちゃうんだよ。」とフーさんは言《い》いながらふーっとため息《いき》をつきました。

「なにか、やっつけられる道具《どうぐ》はないの。」とミッコはたずねました。

「いや、もう、ためしたさ。」

するとミッコはすこし考《かんが》えて、

「じゃあ、眠《ねむ》らせてしまおうよ。」と目《め》をきらきらかがやかせながら言《い》いました。

「え、どうやって？」とフーさんは、無理《むり》だよと内心思《ないしんおも》いつつ答《こた》えました。

「ちょっと待《ま》っててね。」

というと、ミッコは家《いえ》のほうへと走《はし》っていきました。フーさんは、じいっとひたすら待《ま》ちつづけました。するとやっと、ミッコが息《いき》をぜぇぜぇいわせながらもどってきました。片《かた》ほうの手《て》には大《おお》きなソーセージを、もう片《かた》ほうの手《て》にはボトルを持《も》っています。ボトルのまわりにはお花《はな》の絵《え》がかいてあります。

「これをためしてみようよ。」とミッコは、きれぎれの息《いき》で言《い》いました。

びっくりしたフーさんはボトルを見《み》つめて聞《き》きました。

「それは、いったいなんなんだい?」

「デオドラントシャンプー。汗《あせ》のにおいとかをとるものだよ。」とミッコは説明《せつめい》しました。「これがきくんじゃないかと思《おも》うんだ。これ、ためしてみて。ほかに方法《ほうほう》は思《おも》いつかないしさ。ねえ、見《み》てよ。ここをおすとさ、泡《あわ》がとんででてくるよ。」

フーさんはとてもびっくりしました。

「こ、これは、危険《きけん》なものかもしれないよ。すぐに、どこかへやっちゃってよ。」

すると、ミッコがフーさんをおちつかせます。

「ぼくは、シャワーにこれを使《つか》ったりしないよ。これ、母《かあ》さんのだもの。母《かあ》さんが使《つか》っちゃいけないって言《い》ったんだ。でも、フーさんは使《つか》ってみてもいいよね。植物《しょくぶつ》がびっくりぎょうてんするかもしれないじゃないか。ぼく、ぜったいこのあともう使《つか》わないって約束《やくそく》するよ。」

フーさんはデオドラントシャンプーを手《て》にとりました。ほんとうに危険《きけん》なものかもしれないので、二週間後《にしゅうかんご》ではなくて、いますぐためすべきだと思《おも》ったのです。フーさんはシャンプーを上着《うわぎ》のなかにかくし、ソーセージを持《も》ち、助《たす》けをもとめるようにミッコのことをじっと見《み》ながら、ゆっくりとゆっくりと扉《とびら》のほうへ近《ちか》づいていきました。ミッコもぬき足《あし》さし足《あし》でついていきます。

植物《しょくぶつ》はまたまた大《おお》きくなっていました。植物《しょくぶつ》はとんでもなく長《なが》い時間《じかん》待《ま》たされたと思《おも》っていたので、とてもとても怒《おこ》っていて、おまけにものすごくお腹《なか》をすかせていました。植《しょく》物《ぶつ》はげんこつでフーさんの鼻《はな》をどんとたたき、フーさんの手《て》からソーセージをぶんどりました。それからものすごいいきおいでソーセージをのみこんだので、じぶんでも食《た》べたのかどうかわからないくらいでした。食《た》べ終《お》わるともっとほしいよとねだるようにフーさんのことを見《み》ました。

植物《しょくぶつ》はとにかくものすごくお腹《なか》がすいていたので、小《ちい》さな石《いし》ころがあれば、それも食《た》べてしまいそうなくらいでした。でも、近《ちか》くにいたのはフーさんだったので、約束《やくそく》も忘《わす》れてフーさんの首《くび》をつかみました。フーさんはボトルをさっととりだすと、シュッシュッと泡《あわ》をふきださせましたが、部屋《へや》じゅうにお花《はな》の香《かお》りが広《ひろ》がっただけでなんの役《やく》にもたちませんでした。すると、植物《しょくぶつ》の手《て》がフーさんのことを四方八方《しほうはっぽう》からつかみました。「うわ、ミッコ、助《たす》けてよ。」とフーさんがどたばたしながらさけんだとき、ミッコはもう部屋《へや》のなかにはいってきていました。

ミッコの手《て》にはするどくとんがった石《いし》がにぎられていて、ミッコはそれを植物《しょくぶつ》の頭《あたま》にむかって力《ちから》いっぱいほうりなげました。植物《しょくぶつ》は、手《て》をぜんぶ使《つか》ってフーさんをつかんでいたので、手《て》では石《いし》をつかむことができずに、口《くち》をあけました。すると石《いし》はまるでサッカーの試合《しあい》でフィンランドチームがあざやかにゴールをきめるみたいにすうっと口《くち》のなかにはいっていきました。植物《しょくぶつ》は石《いし》をごっくんとのみこむやとても苦《くる》しみだしました。するとようやくデオドラントの効果《こうか》があらわれはじめました。植物《しょくぶつ》の手《て》の動《うご》きがだんだんとにぶくなり、ゆらゆらとゆれはじめ、目《め》もだんだんとあけていられなくなってきました。ようやくフーさんは植物《しょくぶつ》からはなれることができました。

フーさんは足《あし》をぶるぶるさせながら立《た》ちあがりました。さて、それでも、危険《きけん》がまだ去《さ》ったわけではありません！　植物《しょくぶつ》の意識《いしき》が長《なが》い時間《じかん》こんなふうに朦朧《もうろう》としているはずがありません。もしも、植物《しょくぶつ》が目《め》ざめたら、いったいどんなふうになるだろう……。と考《かんが》えるだけで、フーさんはぞっとしました。ぜったい、植物《しょくぶつ》はもっと凶暴《きょうぼう》になっているにちがいない。

そのときです、フーさんはあることを思《おも》いだしました！

「いそいで。」とフーさんはミッコに声《こえ》をかけると棚《たな》のところへ走《はし》っていきました。フーさんは小《ちい》さな銀《ぎん》のかんむりがついた小《ちい》さくて青《あお》いガラスのネックレスをとりだし、ミッコのほうに向《む》きなおりました。「これから起《お》こることをだれにも言《い》わないって約束《やくそく》できる？」とフーさんがたずねました。

ミッコがうなずきました。

すると、フーさんはいそいで植物《しょくぶつ》のところへもどるとガラスのネックレスから銀《ぎん》のかんむりをはずし、ネックレスを高《たか》くかかげました。すると、小《ちい》さな薄《うす》い黄色《きいろ》い色《いろ》をしたしずくが植物《しょくぶつ》の根元《ねもと》におちました。すると植物《しょくぶつ》は音《おと》もたてずに消《き》えてなくなってしまいました。これは、そんなかんたんなことではありません。でも、跡形《あとかた》もなく消《き》えてしまったのです。巨大《きょだい》なネコのあとにのこったミルクのようなものさえものこりませんでした。植物《しょくぶつ》はなくなってそれでよかったのです。

ミッコはふつうの人《ひと》がおどろくように、とてもおどろいた顔《かお》をして見《み》つめていました。

「ね、どうやったの？」とミッコはささやきました。

フーさんは、まだふるえたまま、チョークのようにまっ青《さお》な顔《かお》でミッコのほうにむきなおりました。

「シーッ。もう、このことについて話《はな》しちゃいけないよ。これは悪夢《あくむ》だったんだから。約《やく》束《そく》したことを忘《わす》れちゃだめだ。」

ミッコはわかったとうなずきました。

あたりは静《しず》けさにみちています。庭《にわ》でさえずる小鳥《ことり》の歌声《うたごえ》も聞《き》こえてきます。ネコが、まるで影《かげ》のように庭《にわ》をすうっと横《よこ》ぎります。

フーさんは椅子《いす》に腰《こし》をかけ、へとへとにつかれきってじっとまえを見《み》つめました。するとミッコがフーさんのことをぐいっとひっぱりました。

「ねえねえ、また、ここに遊《あそ》びにきてもいいかな。」

フーさんはただほほえみました。そして、ものすごーくゆっくりと、それこそやっとの思《おも》いで言《い》いました。

「ああ、好《す》きなときにくればいいさ。」

これだけ言《い》うと、フーさんはもうぐっすりと夢《ゆめ》のなかにはいっていました。部屋《へや》には規《き》

則《そく》ただしい寝息《ねいき》が低《ひく》くひびきわたりました。

フーさんは、ひたすら眠《ねむ》りつづけました。

ミッコはすこし待《ま》ってみましたが、ほどなく帰《かえ》っていきました。外《そと》は、春《はる》の日《ひ》ざしであたたかくなっています。雪《ゆき》がとけてぐちゃぐちゃになっていた道《みち》もかわいてきました。ミッコは通《とお》りにそって世界《せかい》じゅうのだれにも負《ま》けないほどの速《はや》さで走《はし》っていきました。やがて、道《みち》のはじっこを歩《ある》いて、靴《くつ》をぬらしはじめました。ミッコはフーさんのことを考《かんが》えていました。ああ、なんだか修行僧《しゅぎょうそう》みたいだ。また、フーさんのことを見《み》にいかなきゃ。つぎにいったら、きっとライオンが五頭《ごとう》とダチョウの家族《かぞく》だっているにちがいないぞ。それから、どうやってあんなふしぎなことができるのかも聞《き》かなくちゃ。ぼくにもおしえてもらえるといいな！

そして、また、ミッコは元気《げんき》よく走《はし》りだしました。世界《せかい》じゅう、だれもミッコの言《い》うことを信《しん》じないでしょうけれど、ミッコは、世界《せかい》じゅうのみんなに知《し》らせたいと思《おも》っていたでしょうね！

フーさん生《う》まれ故郷《こきょう》を紹介《しょうかい》する～あとがきにかえて～

あらためまして、はじめまして。ぼく、フーさんです。この『フーさん』では、ぼくが住《す》んでいる場所《ばしょ》のこと、あたらしくできた友《とも》だちのこと、ちょっと不思議《ふしぎ》な日々《ひび》の生活《せいかつ》のことをお話《はな》しさせてもらいました。じつは、この本《ほん》は、一九七三年《ねん》にフィンランドではじめて出版《しゅっぱん》されました。当時《とうじ》、ぼくみたいな人《ひと》が本《ほん》の主人公《しゅじんこう》になることはなかったから、めずらしかったのかな、ものすごくたくさんの人《ひと》たち（おもに小学生《しょうがくせい》が多《おお》かったけど。）に読《よ》んでもらいました。人気者《にんきもの》になりすぎて、アニメにもなったし、舞台化《ぶたいか》されたこともあって、一時期《いちじき》はまいにちが寝不足《ねぶそく》だったこともあったくらい。フィンランドでの人気者《にんきもの》ぶりがいろいろな国《くに》に広《ひろ》まって、いままでに十カ国《じっかこく》語《ご》に訳《やく》されているよ。そして、今回《こんかい》、ぼくの住《す》んでいる国《くに》、フィンランドからずいぶんはなれた日本《にほん》でぼくのことが紹介《しょうかい》されると聞《き》いたので、もう少《すこ》しフィンランドという国《くに》のことをお話《はな》ししないといけないかなって思《おも》ったので、ちょっとまじめにお話《はな》ししますね。

フーさん生まれ故郷を紹介する〜あとがきにかえて〜

　ぼくの住《す》んでいるフィンランドは、夏《なつ》がとっても短《みじか》くて、六月《ろくがつ》から七月《しちがつ》くらいまでです。八月《はちがつ》中旬《ちゅうじゅん》には、はやくも秋《あき》がきたって言《い》われます。でも、太陽《たいよう》が出《で》ている時間《じかん》はとっても長《なが》くてリンマやミッコたちは、夏《なつ》になると午後十時《ごごじゅうじ》くらいまで外《そと》で遊《あそ》んでいるんだよ。夏至《げし》のころの首都《しゅと》ヘルシンキの日《ひ》の入《い》りは午後十一時近《ごごじゅういちじちか》く。太陽《たいよう》がなかなかしずまないから明《あか》るいんだ。子《こ》どもたちはあんまり知《し》らないけれど、夏《なつ》は太陽《たいよう》がのぼるのも早《はや》くて、夏至《げし》の日《ひ》の日《ひ》の出《で》の時間《じかん》は、午前《ごぜん》四時《よじ》くらい。だから、ぼくは夏《なつ》が大好《だいす》きなんだ。だって、ぼくの仕事時間《しごとじかん》は暗《くら》い夜《よる》が多《おお》いから、夏《なつ》のあいだは仕事《しごと》をしなくていい時間《じかん》が長《なが》いんだもの。そのかわり、冬《ふゆ》は日中《にっちゅう》がとっても短《みじか》くて、一年《いちねん》でもっとも日《ひ》の短《みじか》い冬至《とうじ》のころは、ヘルシンキあたりで、日《ひ》の出《で》が午前九時半《ごぜんくじはん》くらい。反対《はんたい》に日《ひ》の入《い》りは午後三時《ごごさんじ》すぎ。もっと北《きた》のほうへいくと、一日中太陽《いちにちじゅうたいよう》がのぼらないんだよ。だから、ぼくは冬《ふゆ》になるといそがしくなるんだ。夜《よる》が長《なが》いから仕事《しごと》の時間《じかん》が長《なが》くなって、じつは、けっこうたいへんなんだけどね。

　ぼくがいま、森《もり》のなかに住《す》んでいるっていうことは、みんなも知《し》っているとおりだよ。フィンランドでは、どんな町《まち》からでも、車《くるま》で三十分《さんじっぷん》も走《はし》れば森《もり》のなかに入《はい》るし、みずうみに出会《であ》うこともできるんだ。聞《き》くところによると、フィンランドは、日本《にほん》とほぼおなじくらいの面積《めんせき》らしいね。ぼくらの国《くに》では、五百二十万人《ごひゃくにじゅうまんにん》が住《す》んでいるんだ。だから、町《まち》のなかでたくさんの人《ひと》に出会《であ》っても、ちょっと町《まち》をはなれると、車《くるま》の数《かず》もうんっと少《すく》なくなるし、ご近所《きんじょ》さんもけっこう遠《とお》くにあったりするんだよ。だから、とっても静《しず》かで、みずうみのさざなみの音《おと》とか、森《もり》をぬける風《かぜ》の音《おと》とかがとてもよく聞《き》こえてくるよ。夜《よる》になると、ほんとうにまっ暗《くら》になるからね、ぼくみたいに頭《あたま》のてっぺんから足《あし》の先《さき》までまっ黒《くろ》い服《ふく》を着《き》ていると、暗闇《くらやみ》なのか、ぼくなのか区別《くべつ》がつかなくなって、人《ひと》をおどかすのにはちょうどいいんだよ。でもね、冬《ふゆ》がくると、雪《ゆき》が降《ふ》るからね。たくさん積《つ》もるわけじゃないんだけど、気温《きおん》は零下《れいか》になるからみずうみはガラスでふたをされてしまうし、（あ、凍《こお》るって言《い》うらしいね。）森《もり》の木々《きぎ》は、雪《ゆき》のマントを着《き》こむから、けっこう明《あか》るくなるんだ。（こういうの、日本《にほん》では雪《ゆき》あかりって言《い》うんでしょう？）そうそう、サウナのお話《はなし》があったでしょう？　サウナは、フィンランドの人《ひと》たちにとって森《もり》とおなじくらい大切《たいせつ》な場所《ばしょ》なんだ。神聖《しんせい》な場所《ばしょ》っていえばいいのかな。もしも、フィンランドへきて、サウナにご招待《しょうたい》されたら、それは、ぼくたちの最大《さいだい》の歓待《かんたい》の気持《きも》ちのあらわれだから、ぜひ、ゆっくり楽《たの》しんでね。

　ぼくのお話《はなし》には、まだまだつづきがあるんだよ。だから、フィンランドを紹介《しょうかい》する話《はなし》も次《つぎ》のお話《はなし》のあとでつづけたいと思《おも》います。

フーさん（代筆《だいひつ》　上山美保子《うえやまみほこ》）

ハンヌ・マケラ　Hannu Mäkelä

一九四三年フィンランド・ヘルシンキ生まれ。作家・詩人。詩、小説、児童小説、絵本と作家としての活動は多岐にわたる。フィンランド国内で数多くの児童文学賞を受賞しているが、児童書だけではなく、一九九五年に『*Mestari*』でフィンランディア賞（フィンランド最高の文学賞）を受賞するなど、一般向けの文芸の世界でもおおいに活躍している。現代フィンランド文学界を代表する作家の一人。邦訳作品に『ぼくはちびパンダ』（徳間書店）がある。

上山美保子　うえやま　みほこ

一九六六年東京都生まれ。東海大学文学部北欧文学科卒。大学在学中、トゥルク大学人文学部フィンランド語学科留学。現在、フィンランド技術庁 Tekes 勤務。フィンランド語翻訳のほか、都内でフィンランド語講師も勤める。

フーさん

二〇〇七年九月二十日初版第一刷印刷
二〇〇七年九月二十五日初版第一刷発行

作者　ハンヌ・マケラ
訳者　上山美保子
発行者　佐藤今朝夫
発行所　株式会社国書刊行会
東京都板橋区志村一―十三―十五　〒一七四―〇〇五六
電話〇三―五九七〇―七四二一
ファクシミリ〇三―五九七〇―七四二七
URL : http://www.kokusho.co.jp
E-mail : info@kokusho.co.jp
組版所　株式会社キャップス
印刷所　株式会社シーフォース
製本所　株式会社ブックアート
ISBN978-4-336-04947-6 C8097